あやかし極道「鬼灯組」に嫁入りします

来栖千依

富士見L文庫

第一章　ぶつかったのはあやかし極道

課長のスチール机に、口の開いた集金袋と小銭が散らばっている。

机の前に立って追及を受ける華は、緊張でスカートを握りしめた。

「送別会で贈る花束の集金が、葛野さんのロッカーから見つかったそうだ。君は集金の担当ではないだろう。どういうことだね？」

後ろの方からクスクス笑う声が聞こえる。

コールセンター業務の部署は女性が多く、ちょっとした意地悪は日常茶飯事だ。

「弁解できないのか？　このままでは、君が盗んだことになるがいいのかね」

「も、」

「も？」

「申し訳ありませんでした！　盗んではいませんが、わたしのロッカーの鍵が壊れているのを放置していました!!」

その場で勢いよく土下座すると、疑いの目で見ていた課長がぎょっとする。

「盗んだんじゃないなら、なにも土下座しなくても」

「いいえ、わたしが悪いんです。一年前から鍵の調子が悪かったのですが、言い出せなくて。放置した結果、盗人の共犯にされてしまいました。かくなる上は、切腹してお詫び申し上げます……！」

チキチキとカッターの刃を出す華を、課長は腕を振って必死に止めた。

「もういい！　いいから、カッターはしまって！　とはいえ、窃盗の疑いのある人と一緒に仕事をするのはね……。みんなも不安がっているし、その、言いづらいんだけど……」

そう言いながら課長はチラチラと周りを見た。

若い女性が多い部署なので、気を使えないとハラスメントですぐに訴えられる。だから、華を救わず犠牲になってもらうことを選んだのだろう。

——いつかこうなる気はしていた。

華は先を見越して用意していた退職願を懐から取り出し、課長に渡したのだった。

「今までお世話になりました」

深く一礼して業務室を出る。

退職願はそのまま受理され、一カ月後の本日、華は退職することになった。

とぼとぼと廊下を歩いていると、複数の足音がして呼び止められた。

振り返れば、嫌がらせを焚きつけていた同僚グループがいて、「泥棒がいなくなって、やっと安心できるわぁ～」と嘲られる。

大人しい性格のせいか華は虐められやすく、彼女たちから面倒な仕事を押しつけられたり、部門の飲み会に一人だけ誘われなかったりと、たびたび標的になっていた。

今回の集金の窃盗も、もちろん華はしていない。

ただ、自分のロッカーの物の位置が時折微妙に変わっていることに気づいていたのに、それを利用されるとは思わず警戒を怠っていた。それは自分の落ち度だと思う。

でも、そんな日々も今日で終わりだ。

彼女たちにくるりと背中を向け、早足でロッカーからスプリングコートとトートバッグを回収して会社を出る。

ぽかぽかした春の陽気に、張りつめていた気がドッと抜けた。

「明日から無職かぁ……」

解放されて清々しい気持ちになった一方で、先の不安がぼんやりと襲いかかる。

この会社に入ったのは高校を卒業してすぐのこと。

それから二年弱、朝も昼も夜もなくクレーム処理に追われ、不満を募らせた通話相手から大声で罵られる生活だった。

でも、華が学生時代から自然と身につけていた謝るスキルが、ここでは大活躍した。相手の意見を否定せずひたすら謝る。どんなに辛い状況でも、にこやかに笑みを浮かべ続ける。そうすれば大抵の怒りは、嵐のように過ぎ去ってくれた。

どんな目に遭っても笑顔を絶やさないのは華の処世術だ。

なぜ高卒で職に就いたかというと、幼い頃に両親を失い、育ててくれた父方の祖母も高三の冬に亡くなったからだ。母方の祖父母は音信不通で、他に頼れる親戚もいない。友達もいない。正真正銘の天涯孤独だ。

(これからどうしよう……)

コンビニの前を通ると、ものの見事にくたびれた姿がガラスに映った。

淡い茶色の髪は伸びっぱなしで艶がなく、貧相なほど痩せた体にまとうブラウスやタイトスカートは、安物なだけあって頑固な皺ができている。

目が虚ろなのは、長時間にわたってパソコンモニターを見続けたせいだ。

これだけ体を酷使しても給料は雀の涙だった。みなし残業が当たり前に存在していたので、勤務時間のわりに薄給。カツカツの生活を送っていたがゆえに貯金はあまりない。

明日から何をして食べていこう。来月の家賃をどうやって払えばいいのだろう。次の仕事は見つかるだろうか。不安で頭がぐるぐるする。

気持ち悪くなった華は、口を押さえて裏路地に入った。

「きゃ」

曲がり角のすぐ近くに黒塗りのドイツ車が停まっていて、角張ったボンネットに顔から倒れ込んでしまった。

手で覆っていた鼻は守れたものの、ぶつかった額がゴンと凄まじい音を立てる。

「待てやコラ！」

怒号に顔を上げると、走って逃げる少年の背中が見えた。

追っていくのは、リーゼントヘアにニッカポッカをはいた男性だ。

車の脇には、白にも金にも見える煌びやかな長髪を結い、洒落た白いスーツを身に着けた美青年が残された。

青年は、気怠そうに群青色の瞳を華へ向けて、途端に目を見開く。

「――見つけた」

そして、嬉しそうに呟いた。

みつけた？

不思議がっていると、青年はこちらから一切目を逸らさずに近づいてきて、華をがばっと抱きしめた。

「こんなところで逢えるなんて……。夢みたいだ」

「え、えっと、どちらさまでしょう？」

「僕が分からないの？」

青年は、そう言って体を離し、悲しそうに眉を下げる。

思わず罪悪感を抱くが、華には本当に覚えがないのだ。

くっきりした二重が印象的な目元や高い鼻、淡い色の唇まで一分の隙もなく端整な、どことなく夜の匂いがする絶世の美形なんて、一度見たら忘れるはずがないのに。

そこに、リーゼントが「すんません、狛夜の兄貴ー！　取り逃がしました！」と大声で言いながら戻ってきた。

兄貴？　それに、取り逃がすって？

(これ、巻き込まれちゃいけないやつなんじゃ……)

華の頭から血の気が引いた。しかし、今更気づいたところでもう遅い。

リーゼントは、少年を逃がした怒りの矛先を華に向けてくる。

「テメエ、なに邪魔してんだコラ！」

名乗ってもらわなくとも雰囲気で分かる。ぶつかったのはヤのつくご職業の車だ。トラブルになると、簀巻(すま)きにされて海に沈められたり、臓器を売られたりするらしい。

命を守るためにも逆らってはいけない。

「申し訳ありませんでした！」

華は、腰を九十度傾ける最敬礼をした。けれど、またもやボンネットに頭をぶつけてしまい、ゴウンと先ほどより重たい音が鳴る。

「痛っ！」

「おいテメエ、車を傷つけやがったな！」

リーゼントは、前に大きく突き出た髪を揺らしながら凄(すご)む。

「どう落とし前つける気だ!?　おれらが天下の鬼灯組(ほおずきぐみ)だって分かってんだろうな！」

……ほおずき？

どこかで聞いたことがあるような名前だが、考えを巡らせている暇はない。

今は、とにかく謝罪して許しを乞うべきだ。

「あの、本当に、どうお詫びしていいか」

「テメエの謝罪なんか犬も食わねえ！　山に捨てられるか海に沈められるか選べやあ！」

「待ちなさい」

狛夜と呼ばれた男が口を挟み、華を突然、横抱きにした。

「きゃっ！」

「この子は屋敷に連れて行く」

「「え!?」」

華とリーゼントの声が重なるも、そのまま華は車の後部座席に乗せられる。

「ちょ、ちょっと！　降ろしてください！」

わけが分からないまま発進した車は、繁華街のビルや住宅の間を凄まじいスピードで走り抜け、漆喰（しっくい）塗りの塀が続く一本道に入った。

塀の終わりが見えなくて不安になってきた頃、ようやく立派な門にたどり着く。

防犯カメラが大量に設置されたシャッターをくぐり、コンクリート敷きのスロープを上っていくと、小高い丘の上には、黒い瓦を張った純和風のお屋敷があった。

「ここは……？」

立派な建物を前にして、華の直感がカンカンと警鐘を鳴らす。

「おいで」

しかし逃げられるわけもなく、狛夜に手を引かれて玄関に入る。

その後ろを、リーゼントがグチグチ文句を言いながらついてきた。

「なんなんすかコイツ。その場で殴って捨ててきてもよかったのに」

「取り逃がしたのは君が悪いよ、金槌坊（かなづちぼう）。後でお仕置きだ」

「うげえ！　テメエのせいだからな！」

墨絵が描かれた襖（ふすま）が乱暴に開かれると、三十畳はあろうかという大部屋にいた男たちが一斉に振り向く。

なぜか全員、ハイブランドのパチモノジャージやテラテラ光る安っぽい柄シャツ、太い金のネックレスを身に着けていて、揃いも揃って凶悪な顔つきだった。

（こ、殺される……！）

華は、へなへなと腰を抜かして畳に座り込む。

「ああん、なんだ……って狛夜さん、お疲れ様です！」

強面（こわもて）たちは慌てて立ち上がった。若く見えるが、上下関係は狛夜の方が上らしい。

「……なんだ、ソイツは」

部屋の隅にいた、黒いタンクトップに羽織を重ねた黒髪の青年が、ポケットに手を入れて近づいてきた。

鍛え上げた肉体の力強さとしなやかにたるんだ袖という、異色の取り合わせから目が離せない。ふわっと薫ってくる芳香も華の気を引いた。

目の前で立ち止まった青年は、ギロリと華を見下ろす。

鋭く切れ上がった双眸が長めの前髪から覗いて、華ははっとした。

右の額から頬にかけて刃物でつけられた傷がまたがる瞳は、色づいた秋の山より濃い深紅色だ。

金髪の美形は記憶になかったが、こちらには見覚えがある。

(この人、もしかして……)

ぼうっと見つめていると、青年はしかめっ面で腕を鼻にかざした。

「クセえ……。その匂い、どこのあやかしにつけられやがった」

「あ、あやかし?」

「うちから玉璽を盗んだ連中じゃねえだろうな……」

ドスをきかせた脅し文句に、華はすくみ上った。

前科三犯ぐらいありそうな迫力に、つい涙目になってしまう。

蛇に睨まれたように動けない華に代わって、リーゼントが問いかけた。

「匂いってなんすか、漆季さん。おれぁ何にも感じませんぜ?」

「感じないのは、お前が低級だからだ。なんでコイツをうちに連れてきた?」

「この女、シマで空き巣してたガキを逃がした挙げ句、車のボンネットに傷つけやがったんですよ! テメエはいつまで呆けてる気だコラ!」

「っ！」

グーで殴られそうになって身をすくめた瞬間、華の胸の辺りが強い光を放った。

「うぎゃあああああ！」

リーゼントの体は吹き飛び、襖にぶつかって廊下に倒れる。

視線を下げると、シャツの内側にさげたペンダントが翠色に輝いていた。

「なに……これ……？」

手を近づけると、まるで焚き火にかざしたように温かい。

まばゆい光を見た狛夜は、目を大きく見開いた。

「この光は――」

ぽぽぽんっ！

続けざまに大広間のあちこちで破裂音が鳴り、もくもくと煙が上がる。

「おいおい、何が起こってんだ!?」

見れば、起き上がったリーゼントの頭は金槌に変わっていた。

他の厳つい男たちも、体が破けた唐傘になっていたり、頭だけが瓢箪になっていたり、かわいい小動物に変わっていたりする。

「えええっ!?」

大騒ぎの彼らを見回した華は、信じられない状況に目を丸くした。

狛夜には、大きな狐耳ともふもふの尻尾が九本も生え、スーツは和服に変わっていた。白絹の衣に金色の袴を合わせ、鬼灯の紋が入った羽織を重ねた格好だ。解けて広がった白金色の髪と羽織の裾からはみ出た尾が、海外セレブが着るミンクの毛皮みたいにゴージャスである。

黒い和服姿になった漆季には二本の角が生え、頬の傷があったところには赤い隈取りが現れていた。

肩にかけた布を鬼灯の形のボタンで留め、衿元をくつろげた黒い長着から紅い襦袢を覗かせ、指貫の足首を脚絆で締めている。

人間の姿の時には持っていなかった日本刀を組紐で背負った姿は、剣士のようだ。

彼らは魔物か、怪物か——少なくとも人間ではない。

「あ、ああ、あなたたち、何者なんですか……!?」

狛夜も、漆季も、何も言わない。だが、華を見る表情は二人とも険しく、青と赤の瞳は燐光を宿しているかのように光っていた。

華の危険メーターは、一気にレッドゾーンへと振り切れる。

(ここから逃げないと!)

立ち上がって振り向くと、神社のご神木に巻く紙垂を首輪にしたハチワレ模様の大型犬が、進路を塞ぐようにお座りしていた。

「ワン！」

「きゃっ」

華はぶつかる寸前で踏み止まる。同時に、廊下から姿を見せた人物が声をかけた。

「静まれいっ！」

しわがれた声は、ビリビリと空気が震えるほど大きい。

思わず正座した華の後ろで、漆季や強面たちが跪く。唯一立っていた狛夜は、大勢の先頭に立つように前に出て、着物の裾をさばきつつ腰を下ろした。

「ご足労おかけしました、組長」

深く頭を垂れる相手は、禿頭の老人だ。

大きな鼻と盛り上がった頬、走った幾重もの皺が悪尉の能面のように恐ろしい。渋茶色の長着と羽織を着て、山伏が持つような錫杖を杖代わりにしている。

老人の足下に、ハチワレ犬がトコトコと歩み寄ってお座りした。

――この人が、鬼灯組の組長。

華は、畏怖にも似た感情を抱いて動けなくなった。

「狛夜、お前がついていながらこの騒ぎ。普段であれば折檻ものだが……」

組長は、華の手からあふれ出る翠色の光に目をとめた。

「厄介者がいるようだな。この嬢ちゃんはなんだ」

「盗人を捜してシマを回っていたら、偶然、車にぶつかってきたんです」

微笑む狛夜に対して、漆季の方は華を睨みながら言う。

「親父、ソイツは匂います」

「たしかに匂う。あやかし者と関わりがある匂いだ。しかして、それだけでは妖怪の正体は暴けん。なぜ、組員の変化が解かれたのだ？」

「僕の見立てでは、彼女のペンダントに秘密があるようです。金槌坊が殴ろうとしたら彼女を守るように発光しだしました。わずかに、宇迦之御魂大神の気配を感じます」

狛夜の説明に頷いて、組長は華に問いかけた。

「嬢ちゃん、名前は」

「華……葛野華と言います」

言い逃れはできないと悟って正直に答える。

すると、組長は「葛野だと？」と衝撃を受けた。

「どうされました、組長？」

「葛野といえば、かの安倍晴明の子孫だ。長らく儂ら鬼灯組が見守り、戦乱の混乱で見失った名家の血筋。つまり、この嬢ちゃんは――」

何だか分からないが相手は混乱しているようだ。

今が一世一代のチャンスだと思った華は、コールセンター勤務で習得した謝罪パターンを引き出して考えた。

モンスタークレーマーに対応する場合、最短で電話を切るテクニックとして用いられるのは、話の主導権を相手から奪う方法である。

まずは一切の反論をせずに相手の不満を聞く。たいてい怒鳴りつけられるが、人の怒りは二十分ほどしか続かないので、ひたすら聞き役に徹する。相手が疲れてきたら、今度は謝罪の言葉を伝える。口を挟まれないよう、あくまで誠実に。そして、相手をいい気分にさせたところで「ご意見ありがとうございました」と通話を終わらせるのである。

モンスター集団の組長が相手となれば、これが最適解のはずだ。

「この度は、お騒がせして申し訳ありませんでした！」

華は畳に両手をついてガツンと額を打ちつけた後で、申し訳なさそうに顔を上げた。

「皆さまに対するご無礼、謹んでお詫び申し上げます。地域を巡回されるご業務に差し支える事態になりましたのは、すべてわたしの不徳の致すところでございます。今後このようなご迷惑をおかけすることのないよう、誠心誠意努力して参る所存ですので、何卒ご寛恕くださいますよう伏してお願い申し上げます」

すらすらと謝罪の言葉を並べる華に、一同はぽかんとしている。

見事、自分のペースに巻き込んだ華は、精一杯の作り笑いを浮かべて立ち上がった。

「それでは、これで失礼させていただきます」

「動くな」

歩き出そうとした瞬間、首筋がヒヤリとした。

視線を下げると、短刀が押し当てられている。背後を取っているのは漆季だ。

衣擦れさえ聞こえなかった。たった一瞬でこの間合いを詰めるなんて人間業じゃない。

(いつの間に……)

華の背中をじっとりした嫌な汗が流れる。

「鬼灯組の正体を知ったからには、生きて帰すわけにはいかない……」

柄を握る漆季の手に力がこもる。

今にも首を刎ねられそうな迫力に、華の声は震えた。

「だ、誰にも言いません。ここで見たことは、すべて忘れます」

「そう言って裏切るのが人間だ」

漆季は空いた手で華の首を掴んだ。鋭い爪が肌にきゅっと擦れる。

「あ……」

ゾクリと肌が粟立って、華の口からは熱い息が漏れた。

漆季の手はそのまま下へ、つうと肌をなぞっていき、鎖骨の辺りで止まった。

「騒ぎの元凶はコイツだ」

漆季がペンダントのチェーンを引くと、シャツの衿元から透明な宝石が飛び出した。

「やはり、翠晶か」

宿った翠色の光に、組長の顔色が明るくなる。

「翠晶だって⁉」

正体をさらしたままの強面たちも、ガヤガヤと色めき立った。

「ってことは、これで玉璽を見つけられるぞ！」

「組長のお命だって助かるぜ！」

組長は、頬の皺を深めて手を打ち鳴らした。

「儂らは見ての通り人間ではない。妖怪で構成された〝あやかし極道・鬼灯組〟だ。嬢ちゃんが持っているそれは〝翠晶〟といって、莫大な力を妖怪に与えるお宝なのだ」

「これが？」

ペンダントは亡き祖母から受け継いだもの。

だが、渡された時も、死の間際にも、妖怪の宝物だなんて聞かされていない。

「ちょうどうちの組から、そいつの対となる〝玉璽〟が盗まれたばかり。翠晶と玉璽は互いに引き合う。玉璽が鬼灯組で保管されていたのも、翠晶の持ち主である嬢ちゃんならば知れたこと。もしや、盗んだのはお主か？」

「ち、違います！　これは祖母からもらった、ただのお守りです。妖怪の宝物だなんて今の今まで知りませんでしたし、玉璽という物は見たことも聞いたこともありません！」

「では共犯か？　お主が知らないと言ったところで、はいそうですかと帰してもらえると思うな」

「そんな……」

華が鬼灯組にあった宝物を盗んだ犯人と繋がっているだなんて、酷い言いがかりだ。

だが、いくら冤罪を訴えたところで、組長は聞く耳を持たないだろう。

やっていないことを証明するのは、やったことを証明するより難しい。

華が無実だと信じてもらうには、犯人を捕まえて盗まれた玉璽を取り戻し、華と犯人にまったく繋がりがないと示すしかない。

しかし、鬼灯組の正体が妖怪だと知ってしまった以上、生きては帰せないと言われている……。

そこまで考えて、華はひらめいた。

「あの、翠晶と玉璽は引き合う力があるんですよね？」

組長が言うには、対である宝物はお互いの在りかが分かるらしい。

つまり、翠晶の持ち主である華は、玉璽の在りかを探り当てることができる。

和平的に鬼灯組から逃れるにはこれしかない。

「わたしが翠晶を使って盗まれた玉璽を見つけてきます。ですから、外に出していただけないでしょうか？」

「そんなに出たいか。翠晶を持っていると知られたら即、殺されてしまうというのに」

「え……？」

組長は、錫杖の先で華の胸元を指した。

「翠晶もまた妖怪の宝物だと説明しただろ。これまで運よく露呈しなかったようだが、儂らの変化を解くほど強力な力を発揮した今、多くの妖怪はその在りかに気づいたはず。持ち主がか弱い人間と分かれば、殺して奪ってしまおうと考える者もいるだろう」

「そ、そんな非人道的なこと」

「できるぞ、妖怪は」

意地悪く笑われて、華は言葉を失った。

人間の姿をしているが、組長も妖怪なのだ。

残虐な彼らには、謝罪スキルしか持っていない華では太刀打ちできない。

「ここが鬼灯組の屋敷でなければ、嬢ちゃんはとっくに襲われ、肉塊と化している。もちろん鬼灯組にも翠晶を欲しがる妖怪はおるが、儂を差し置いて手を出す愚か者はおらん」

「組長さんも、わたしを殺して奪うおつもりなのですか……？」

カラカラに乾いた口で問いかけると、組長の表情は、ほんの少しだけ柔らかくなった。

「嬢ちゃん次第だな。ここに残って、儂らと共に玉璽を捜してくれるなら悪いようにはせん。自由もないが、危険もないように取り計らってやろう」

鬼灯組から逃げ出しても、いずれ翠晶の持ち主だと知られれば華の命はない。

かといって、翠晶を手放すこともできない。

これは亡き祖母の形見。天涯孤独の華に残された、たった一つの家族の温もりだ。

（残された道は、鬼灯組に残って、彼らの玉璽捜しに協力すること……）

華は、きゅっと翠晶を握りしめた。

これまでの人生で、辛いことは一通り経験してきた。貧しくても、寂しくても、虐められても、決して選ばなかった道がある。自ら死に飛び込むことだ。

父と母に愛されてこの世に生まれ、そして、祖母が大切に育ててくれた自分の命の尊さを、華はどんな状況でも忘れたことはない。

「分かりました。ここに残ります。鬼灯組の皆さんと一緒に、玉璽を捜します――」

だが、協力するのは玉璽を見つけ出すまでだ。

それまでに、何とかして鬼灯組と翠晶を狙う妖怪から逃れる方法を見つけよう。

「よくぞ言ってくれた。しかし、いつ裏切るともわからないからな……」

組長は、鋭い視線を華に向け、錫杖を畳に突き立てた。

「鬼灯組の全構成員に言い渡す。この者を、次期組長の嫁にする！」

いきなりの宣告に、ざわっと大広間が揺れた。

成り行きを見守っていた狛夜と漆季も面食らった様子だ。

事態を呑み込めない華は、ぽかんと口を開けた。

「わたしが、あやかし極道に、嫁入り？」

混乱する組員から華に投げかけられるのは不満と憤りだった。

玉璽が見つかったら、こんなヤツもう関係ないだろ。

妖怪に比べて弱い人間が、なぜよりによって次期組長の嫁に。

仰々しい見た目の組員たちは、今にも襲いかからんばかりに怫然としている。

あまりの恐ろしさに、華の体は血の気を失って指先まで冷たくなった。

「よ、妖怪に嫁入りなんて無理です……」

カタカタと震える様を見て、角を生やした鬼の漆季が進言する。

「親父。人間を嫁に迎えたら、鬼灯組を信頼しているエダ（末端組織）にも、シマの住民にも面目が立たねえ」

「僕はかまいませんよ」

彼岸花が描かれた扇子を広げて微笑んだのは、妖狐（ようこ）の狛夜だ。

「組長なりのお考えがあるのでしょう。不肖この九尾（きゅうび）の狛夜、人間の嫁とも上手（うま）くやってみせます。朴念仁の漆季に、女の相手は難しいでしょうがね」

すると、漆季の額にピキッと青筋が立った。

「なんつった、テメエ……」

「鬼夜叉（おにやしゃ）というのは耳が遠いのかな。お前に次期組長は荷が重いと言っただけだよ」

「……殺す」

「静まらんか！」

一触即発の二人を一喝して、組長は立ち上がった。

「此度（こたび）の取り決めは絶対だ。嫁入りは半年後の皆既月蝕（げっしょく）の晩とする。せめてもの情けとして、夫となる次期組長は嬢ちゃんに選ばせてやろう。玉璽を捜しながら、ようく見極めることだな」

——シャン！

組長が錫杖を鳴らすと、途端に組員は人間の姿に変わった。

（は、半年後……？）

思ったよりもすぐに迫りくる期限に、華は呆然とする。

「話は以上だ。儂(わし)は部屋に戻る」

「待ってくれ、親父！」

漆季は、組長を追って部屋を出ていった。

残された華は、組員から送られる殺気に身をすくめた。

（どうして妖怪の、しかも極道の嫁にされなくちゃならないの!?）

ぶつかった車が運悪くあやかし極道のものだったから。

持っていたお守りが妖怪の宝物だったから。

さまざまな不運の巡り合わせだとしても受け入れがたい。

これからどうなるのか考えるだけで、目の前が暗くなり——華は気を失った。

第二章　狐の若君はかけひき上手

「ん……」

ピチチという小鳥の声で目覚めた華（はな）は、朝日に照らされた障子を見てぼうっとした。

首を動かすと、床の間に生けられた椿が目につく。

華が暮らしている、日当たりが悪くて古ぼけた安アパートの一室とは違う。

どうしてこんな高級旅館みたいな部屋で眠ったんだっけ。

寝ぼけた頭で記憶をたゆたった華は、ガバッと起き上がった。

「あやかし極道に捕まったんだった！」

黒塗りの高級車にぶつかって、無理やり鬼灯組（ほおずきぐみ）の屋敷に連れてこられた華は、運悪く彼らの本性が妖怪（ようかい）だと知ってしまったのだ。

妖怪なんて生まれて初めて見た。化け狐や鬼が人間に化けて極道一家を営んでいるなんて、人に話しても信じてもらえなそうだ。

視線を下げると、胸元で翠晶（すいしょう）が揺れている。これは妖怪の宝物だという。

秘められていた力が発露したせいで、華は今や日本中の妖怪から狙われる身になってしまった。

そして、身を守るのと引き換えに、鬼灯組の次期組長と結婚しろと命じられた。

「無理だよ。極道の、しかも妖怪の男性と結婚なんて……」

いくら人に化けようと相手は妖怪。華は、化生のものと夫婦になる自信がなかった。

そもそも恋愛経験が極端に少ない。

スポーツが得意な同級生も、生徒会長を務める先輩も、華が好きになった相手はことごとく他の人と付き合ってしまう。初対面でいいなと思った人も、近づくと急に顔色を悪くして離れていくのがお決まりのパターンだ。

最後に恋をしたのは、就職して二ヵ月目のこと。相手は職場の上司だった。

クレーム処理の相談に乗ってくれて、仕事終わりに食事に誘われる仲になったものの、それを聞きつけた意地悪な同僚に奪われてしまった。

二人が付き合っていると聞かされた華は笑顔で祝福した。

けれど、いつも選ばれないことが無性に悲しくなって、一人きりの給湯室で泣いた。

人間とも上手(うま)く付き合えないのに、妖怪となんて無謀すぎる。

（どこにいても危険なのは変わらない。やっぱり逃げよう……）

障子をそうっと開く。見事な日本庭園にも、外廊下にも、人影はなかった。

早朝なので門を出ても襲ってくる妖怪はいないかも。

こそこそと廊下に出た華は、突然、背後から伸びてきた腕に抱きしめられた。

「どこに行くの？」

「ひゃっ！」

腕を解いて振り返ると、抱きついてきたのは狛夜だった。

二十代半ばくらいに見えるが、妖怪なので見た目通りの年齢ではないかもしれない。

陽光を浴びて輝く白とも金ともつかない色の髪が、スーツの肩にはらはらと落ちていく様は妖艶で、見ているだけで胸が騒いだ。

「昨日は大変だったね。気を失った君を離れに連れてきて寝かせたのは僕だよ。朝は寒いだろうと思って、火鉢に火を移しに来たんだけれど……必要なかったみたいだね」

指先から青白い炎を出した狛夜は、空の座敷を見るなり、ふっと吹き消した。

「一人でどこに行こうとしていたのかな？」

「す、少し外の空気を吸おうと思いまして」

「ふうん」

必死に言いつくろう華を、狛夜は愉しそうに見下ろした。

百八十センチ近くある上背は、小柄な華にとってはそびえる塔のように高い。

「僕も朝の空気は好きなんだ。一緒に散歩していいかな」

「え？　えっと、身支度をしてきてもいいでしょうか……？」

「いいね。僕、寝起きで無防備な女の子が、支度やお化粧をして綺麗になっていくのを見るの、好きなんだよね」

有無を言わせぬ微笑みで、狛夜は足を踏み出した。華は、反射的に後ずさる。

「し、支度を見られるのは、さすがに恥ずかしいのですが――」

とん、と背中が壁について、はっとする。

気づけば、華は廊下の端まで追いつめられていた。

「心配ないよ。僕たちは着替えなんか目じゃないほどの仲になるんだから……」

華を囲い込むように壁に手をついた狛夜は、背を丸めて顔を覗きこんでくる。

「君を愛してるんだ。甘やかして世話を焼いて、幸せな気持ちで満たしてあげる。だから僕を次期組長に選んで。そうしないとどうなるか、分かるかな？」

妖しく光る狛夜の瞳の中で、瞳孔が縦に縮まった。

「僕がいないと生きていけない体にしてあげる」

「いやっ！」

華は、狛夜を突き飛ばして庭に下りた。

裸足のまま、庭園をがむしゃらに駆ける。

(あの狐さん、昨日から一体なんなの!? 見つけた、とかわけの分からないことを言ってくるし、いきなり愛してるなんて言われても信じられない!)

置き石はゴツゴツしていて、華は幾度となくつまずき、草葉で肌を切った。

地面を踏みしめるたびに激痛が走る。きっと血が出ている。でも立ち止まれない。

(次期組長になるためなら、手段を選ばないということ……?)

組長は、夫となる次期組長を華に選ばせてやると言ったが、当の妖怪たちが黙って選ばせてくれるはずがなかった。

このまま屋敷に留まれば、先ほどのように誘惑されたり、脅迫と暴力によって支配されたりする生活が待っているだろう。そんなのは嫌だ。

突き当たった漆喰塗りの壁を伝っていくと、裏門にたどり着いた。門扉には頑丈そうな錠前が下がっていたが、脇にある通用口は閂で開けられるようになっている。

華は、藁にもすがる思いで閂に手を伸ばした。

「どこに行く」

いきなり、武骨な指に手首を掴まれた。

視線を上げると、角を隠して人間を装った漆季が、赤い瞳をこちらに向けている。

「役目を果たさずに逃げるのか」

「ち、違うんです、わたしは」

声が震える。必死に言い訳を考えたけれど、思いついた言葉は口に出す前に、胸にわだかまる弱気に吸い込まれていった。

しびれを切らした漆季は、力尽くで華を門から引き剝がした。

問答無用で離れに連れて行かれ、枕でも投げるように座敷に放り込まれる。

「痛っ」

畳に転がった華に、ぬっと伸びた人影が覆いかぶさる。

九尾の狐と鬼夜叉が、それぞれ青と赤の瞳を爛々と光らせていた。

「あ……」

それはまるで獲物を見つけた獣。射すくめられた華の息は浅くなる。

上手く人に化けていても、彼らはやはり妖怪だ。

「二度と勝手をするな。殺されたくなければ」

「僕のそばから離れるなんて、許さないよ？」

片や降魔の強面。片や仏顔の薄ら笑い。

両極端の脅しに、華は簡単には逃げられないと悟った。

「申し訳ありませんでした……」


前方を狛夜に、後方を漆季に挟まれて、まるで罪人のように華は廊下を歩く。

母屋の居間の前に着くと、狛夜が「組長、お待たせしました」と呼びかけた。

(え、組長さん……!?)

もしや逃げようとした仕置きをされるのでは、と華は一気に顔を青くする。

二人を廊下に残して震える足で居間に入ると、組長は巨木を輪切りにしたテーブルについて、隣に伏せたハチワレ犬を撫でていた。

「ずいぶん遅かったな」

「……申し訳ございません」

華は弱々しく謝る。

いつもなら常に湛えている笑みが浮かべられなくて、顔は強張ったままだ。

さすがの謝罪スキルも極道相手には通用しないと、昨日の時点で悟っていた。

「さっそくだが、嬢ちゃんには――」

その先を聞きたくなくて、華はきゅっとスカートを握りしめる。

ところが、警戒する耳に届いたのは、思いも寄らない提案だった。

「——朝餉に付き合ってもらう」

「え？」

ぱっと顔を上げると、開けっぱなしの障子の向こうから、お皿やお茶碗、箸が次々に飛んできてテーブルに並んだ。廊下にはもう二人の姿はない。

メインのお皿には、だし巻き玉子と焼き目がこんがり付いたシャケがのっている。

豆皿に盛られた香の物は赤かぶ漬け。箸休めは縮緬山椒で、小鉢は菜花のおひたしだ。すりおろしたとろろ芋も胃に優しく美味しそうだった。

あ然とする華に、組長は座布団を勧めてくる。

「突っ立っていないで座れ」

「は、はいっ」

反射的に答えて、華は席についた。

「どうせ逃げても居場所はないぞ。仕事をクビになって、金に困っていると聞いておる」

「どうしてそれを？」

「あやかしといえど極道。舐めてもらっちゃ困る」

恐らく、一晩の間に華の身辺調査を行ったのだろう。抜け目がない。

何も言えずにいると、しゃもじがお櫃からご飯をよそってくれた。

豆腐の浮かんだ味噌汁椀と蓋は別々にやってきて、華の前に着地する。

「すごい、魔法みたい……」

「それらも妖怪だ。付喪神といって、長らく使われた器物が精霊と化したもの。江戸の頃は物を大事に使うのが当たり前だったが、近年では大量生産品を使い捨てるのが常だ。だから、此奴らはこの屋敷でしか生きられん。それではいただくとするか」

組長が手を合わせたので、華もならって「いただきます」と告げた。

まずは、つやつやに炊き上がったご飯から。口に入れると、ふわっと優しい香りが広がる。硬すぎず軟らかすぎない粒立ちで、噛むたびに甘みが増す。

「美味いだろう。腹いっぱい食べてやれば、付喪神も作った甲斐がある」

(そうは言われても、緊張で上手く飲み込めないです……)

無言になる華を気にもとめず、組長は、醤油を垂らしたとろろを熱心にかき混ぜた。

「ここには、人に化けても社会に馴染めないものや、どこにも居場所がない妖怪が集まっておる。世間からのあぶれ者で自警団を結成したのが、あやかし極道の起こりなのだ。他の組には、極悪非道な妖怪ばかり集めてシマの住民を苦しめているところもあるが、うちは穏健派でな。入門できる妖怪も、この鬼灯丸の慧眼で認めたものだけだ」

「ワン！」

伏せていたハチワレ犬が元気よく吠えた。

組長の単なる愛犬かと思いきや、けっこう重要な役目を担っているようだ。

やっとのことでご飯を飲み込んだ華は、思い詰めた顔で本音を告げた。

「……わたしはただの人間です。ここにいてもご迷惑になるだけだと思います」

「嬢ちゃんはそれを持つかぎり関係者だ。まだ分からんのか？」

箸先で示されたのは、祖母にもらったペンダント──翠晶だ。

「翠晶を受け継ぐ葛野は、平安時代から続く名家だ。最初の持ち主である安倍晴明の血を継いでおる」

「安倍晴明って、映画やゲームに出てくる、あの陰陽師ですよね？」

エンタメの題材として引っ張りだこの歴史的人物。

けれど、祖母が見せてくれた家系図にそんな記載はなかったし、華には縁も所縁もないはずだ。

あり得ない話に組長の冗談だと思って、華は眉を下げながら精一杯の笑みを浮かべた。

「何かの間違いではないでしょうか。わたしは何の術も使えませんし……」

「術は使えずとも血筋は生きておる。遠い昔、まだ弱かった鬼灯組は、宇迦之御魂大神から加護を受ける条件として一つの約束事を授かった。それが、安倍晴明の子孫である葛野家と、彼らが受け継ぐ宝物の、双方を見守っていくことだった」

しかし、度重なる戦乱で、宝物ごと葛野家を見失ってしまった。

何とか玉璽だけは見つけ出して厳重に保管していたものの、本来の持ち主と離れてしまったせいで妖力が弱まり、翠晶を見つけ出すことは困難だった。

「嬢ちゃんと出会えたのは鬼灯組にとって僥倖だ。葛野の血族がこの屋敷に留まれば、二度と見失うことはないのだからな」

あまりに現実味がなさすぎて華は困惑してしまった。

自分が安倍晴明の子孫だなんて、にわかに信じがたい。

でも、翠晶の力を実際に目にしては、嘘だとも言い返せない——。

(考えるのは一旦やめよう)

頭を振って冷静になると、「葛野の血族がこの屋敷に留まれば」という組長の言葉が引っかかった。

「そっか。だから、わたしを次期組長の嫁にとお考えになったんですね……」

鬼灯組の次期組長と結婚すれば、華は必然的に生涯この屋敷で暮らすことになる。

そうすれば鬼灯組は、安倍晴明の子孫と彼らが受け継ぐ宝物を見守るという役目を果たせる。

（どうして組員たちが反対しているのに強行したのか、気になってたんだよね）

玉璽を見つけたら、華の役目は終了のはずだった。

そのまま組と手を切りたい華と、用無しになった華は部外者だという組員の気持ちは、結果的には合致している。

それなのに、組長が玉璽捜しの後に華を嫁入りさせると決めたのは、組の本来の約束事を忠実に守るためだったのだ。

組長としてその判断は正しいと思うが、勝手に人生を決められた華は複雑な気持ちになる。そもそも、自分が安倍晴明の子孫で鬼灯組と深い関わりがあるなんて、まったく知らなかったのだから。

組長は、早々に朝食を平らげて、緑茶の入った湯飲みに手をつけた。

「さて、次期組長を選んでいいと言ったが、跡目を譲るに足る妖怪は二名だけ。まずは、狛夜」

狛夜は、先ほど華に抱きついてきた、白スーツの美丈夫だ。

人並み外れた美貌（びぼう）と華やかさに加え、自信に満ちた押しの強い雰囲気が、地味一辺倒に生きてきた華の苦手意識をかきたてる妖怪である。

「此奴は、鬼灯組で若頭を務めている。ヒラの組員や部屋住みとも上手くやっていて、特に獣の化生である物の怪一派に慕われておる。人の世で長く生きてきた〝白面金毛九尾の狐〟という妖怪で妖力も申し分ない」

「あの、寡聞で申し訳ありません……若頭というのは何ですか？」

生まれも育ちも一般人の華には、聞き慣れない言葉だ。

「若頭は、組に所属する妖怪をまとめる役のことだ。組長に次ぐ鬼灯組ナンバー2の地位にある。そのため狛夜は儂の名代を名乗ることもあるぞ。次期組長は此奴に決まると思って、いい顔をしている組員も出てきておるな」

「そこは、人間とあまり変わらないんですね」

派閥を掲げての駆け引きは政治の世界でたびたび見られるが、妖怪も同じらしい。

「もう一名は、鬼夜叉の漆季」

名前を聞いた瞬間、華は、鮮烈な赤い瞳を思い出してドキッとした。

「漆季は、儂の一子分である直参の構成員だ。他の組員には任せられない汚れ仕事を頼んでおる。どんな任務も完璧にやり遂げる男でな。情に流されず標的を始末することにかけて右に出る妖怪はいない。鬼灯組において最強と言えるだろう」

九尾の狐と鬼夜叉。それが、この鬼灯組において有力なツートップのようだ。

「組長さんは、有望と最強のどちらに跡目を譲るかで迷っておられるんですね」

「左様」

「えっと、嫁入りは別として、わたしが決める必要はないのではありませんか？　お二人のことは組長さんが一番良く知っていらっしゃるはずですし、時間をかけて納得できる跡目を選ぶべきでは――」

　その時、ゴホッと組長が咳き込んだ。

　口元に当てた手の平には、赤い血がべったりとついている。

「大丈夫ですか！」

　慌てて駆け寄った華を、組長は片手で制した。

「情けないものだな……。儂が早く跡目を決めてしまいたいのは、これがあるからだ」

　鬼灯丸が持ってきた懐紙で血をぬぐった組長は、息を整えて話し出した。

「儂は玉璽を盗んだ犯人に呪詛をかけられておる。こうしている間も少しずつ寿命を吸い取られて、次の皆既月蝕が起こる半年後には完全にこの世から消えるだろう。死期が近いせいで眠りがちで、跡目を見極める余裕はないのだ」

　組長が背を撫でると、鬼灯丸は大口を開けてあくびをした。

　こんなにも恐ろしく、大勢の妖怪にかしずかれる者ですら、死からは逃れられない。

華の心に、胸ふたがる影が差した。

「狛夜も漆季も、あやかし極道を率いる才能はある。だが、どちらも決めかねる欠点を持っておる。だから嬢ちゃんに見極めてほしいのだ。嫁入りすれば、嬢ちゃんは鬼灯組とは一蓮托生(いちれんたくしょう)。幸か不幸かの分かれ道となれば本気で選ぶだろう。翠晶の持ち主の取り決めには組員たちも従うはずだ」

そうだろうか。組長の嫁入り宣言の後、大広間の雰囲気は最悪だった。

組員たちは、「今さら安倍晴明の子孫なんか見守るか」とか「おれらがどんだけ人間に辛酸を嘗(な)めさせられてきたか」とか、口々に不満を吐きだしていた。

(古くから組にいる組長さんは、初代の約束事にも忠実なんだろうけれど……。安倍晴明の子孫を見失った後に入った組員たちからしたら、昔話みたいなものだよね)

こんな状況では、華が誰を選んでも受け入れられないに違いない。

それに組長も、華が安倍晴明の子孫だから尊重しようとしているに過ぎないだろう。

ここは組員のためにも、何より自分のためにも一線を引かなければ、お互いに不満が募っていく気がした。

「組長さん、お願いがございます」

華は、畳に手をついて深く頭を下げた。

「事情はわかりました。次期組長を選ぶお手伝いはします。ただ、嫁入り話について、どうか考え直していただけないでしょうか？」

「……まだ言うか」

組長は、たるんだ目蓋（まぶた）がかぶさる瞳（ひとみ）に、ギンと殺気を滲（にじ）ませた。

「ひっ」

その眼光は、先ほど目にした二人の気迫より恐ろしかった。

底の知れない威圧感は、岩のように重く、ガムテープより厚く華の口を塞（ふさ）ぐ。

「これは決定事項。それに、鬼灯組への嫁入りは、嬢ちゃんにも利のある話だ」

組長の一声で、朝食はお開きになった。

結局、華は食事をご馳走（ちそう）になっただけで、嫁入り話は撤回できなかった。

「はぁ、どうしよう……」

離れに戻った華は、障子を開け放ったまま頭を整理していた。

勇気を出して嫁入りは嫌だと告げてみたものの、意にも介さずに却下された。

組長の中で華が嫁入りするのは決定事項。

あとは、相手が狛夜と漆季、どちらになるかが問題なのだ。

こんな冴えない人間を嫁にと欲するのは、華が翠晶の持ち主――安倍晴明の子孫だからである。

鬼灯組の本来の役目を果たすために華を嫁入りさせ、組に留めておこうという目的は理解できる。でも、当の本人である華が断っている上、組員も反対しているのに、なぜ強制されなくてはいけないのだろう。

（わたしが安倍晴明の子孫だとして、その意見が無視されるのはどうして？）

殺して奪わないだけ優しいのかもしれないが、どうしてもモヤモヤしてしまう。

それに、好きでもないのに花嫁にと乞われても悲しいだけだ。

（組長さんは、嫁入りはわたしにも利益がある話だって言っていたけど、それも本当かどうか分からないし……）

妖怪の恐ろしさと、極道の抜け目のなさは、もう十分に味わっている。

このまま嫁入りすれば、風切羽を切って飛べなくした籠の中の鳥のように、離れに幽閉されて一生を送る可能性もある。

愛のない結婚を空しく感じるのは、華が人間だからだろうか。

どうせなら愛し愛される相手と添い遂げたいと思うのは、華が幼稚だからだろうか。

どう取られてもいい。愛も労(いたわ)りもない相手と夫婦にはなりたくない。

「やっぱり、あやかし極道と結婚なんて無理。玉璽を見つけるまでに、何とか諦(あきら)めてもらわないと……」

「ふうん。また逃げるつもりなんだ？」

「ひゃあっ！」

びっくりした拍子に、痺(しび)れた足が限界を迎えた。

畳にひっくり返った華を見て、外廊下に立っていた狛夜はクスクス笑う。

「ごめんね。盗み聞きするつもりはなかったんだけれど、近くにいるのに気づかないから意地悪しちゃった」

狛夜は、華を抱き起こすと、もつれた髪を指ですく。

光沢のあるベストを身に着けて、ジャケットを肩かけしたスタイルは、せいぜいホストが関の山。妖怪にはとても見えない。

「ねえ、デートしない？　生活用品の買い出しも兼ねてどうかな？」

「外に出てもいいんですか!?」

外出のお誘いに、華はぱっと顔を明るくした。

「それなら買い物ではなくて、住んでいたアパートまで連れて行っていただきたいです。日用品や服は使っていた物がありますので」

「アパートに戻っても何もないよ。君が暮らしていた部屋は解約したからね」

「はい？」

きょとんとする華に、狛夜は眩しいくらいの笑顔で告げる。

「大家に『結婚準備のために同棲するんです』と伝えたら、よろこんで掃除を手伝ってくれたよ。不要品は捨ててくれるっていうからお願いして、貴重品だけ持ってきたんだ。確認してみて」

狛夜の後ろには、小さな段ボール箱が一つ置いてある。

確認するまでもなく着替えは入っていないだろう。

残金わずかな通帳はありそうだが、なにせ貴重品の判定が厳しいので、底が見えても横着して使い続けていた化粧品は入っているか怪しい。

根回しの速さに、華の頭はズキズキと痛んだ。

「私物を持ってきていただいて大変ありがたいのですが、勝手に解約されたら困ります……」

「どうして？　これから鬼灯組で暮らすのに必要ないよね。それにどの道、退去しなければならなかったよ。近いうちに建て替えて、今の二倍は賃料を取るつもりなんだって」

「そんな〜！」

格安の家賃に惹(ひ)かれて入居した築五十年のアパートは、幽霊が出そうなオンボロだったが、就労ビザを持った外国人が多く入居していて賑(にぎ)やかだった。

寂しくなくて気に入っていたのだが、賃料が二倍になったら華の財力では住めない。

ぐったりとうな垂れる華を、狛夜は面白そうに笑い飛ばした。

「僕のお嫁さんになれば不自由はさせないから大丈夫。さ、行こうか」

「はい……」

華は、ぺたんこの財布をポケットに入れて、着の身着のままで庭に下りた。

パンプスを履いた足が寒くて身震いすると、狛夜がジャケットを肩にかけてくれる。

裏門にはクーペ型の白いイタリア車が横付けされていた。自分では一生買えそうにない高級車にぎょっとした華は、汚さないよう慎重に乗り込む。

狛夜の運転で二十分ほど走ると、下町風情あふれる景色は高層ビル群に変わった。

全面をガラスで覆われたビルは鏡のように空を映し、抜けるような青を隣のビルに反射する。コピーされた空は互いに照らし合い、狐が化かし合っているようだった。

ビル風を乗りこなす白い鳥を見上げているうちに、車は高級ホテルの駐車場へ入る。

「ど、どうしてホテルに?」

華が問いつめると、係員にスマートキーを渡していた狛夜は、不思議そうに瞬きした。

「買い出しだから?」

「えっと?」

どうも会話が噛み合わない。

「さあ、早く見に行こう」

華の肩を抱いてホテルのロビーに入った狛夜は、支配人らしき男性と一言かわすと、カウンターを素通りして隣の建物へ抜けた。

そちらはモダンな雰囲気の商業施設になっていて、ブティックや呉服店といった高級志向の店が並んでいる。

案内板を見ると、インテリアショップやドラッグストア、クリニックもあるようだ。

「ここなら必要なものが一度に見られるよ。ホテルに滞在するついでによく利用するんだけど、気に入らないなら路面店に行こうか?」

「いえっ。ここで平気です」

下心がないならホテルに隣接した店でも構わない。

問題は、華の手持ちで買える物を売っているかどうかだ。

「でも、買い物は難しいかもしれません。お恥ずかしい話ですが、お金がなくて……」

「女の子に払わせるわけがないでしょ？　支払いは僕がするよ」

「え!?　ま、待ってください！」

狛夜が進んだ先には、老舗（しにせ）の看板を掲げた呉服店があった。

「鬼灯組の若様、よくいらっしゃいました」

出迎えたのは、友禅の訪問着を粋に着こなした女店主だ。つり上がった目元が涼やかな美人で、パッとしない華にも麗しい笑顔を向けてくれる。

「可愛らしいお連れ様ですこと」

「この子の着物と帯を一通り見立ててくれるかな。草履や鞄（かばん）、着付けに必要な一式も忘れずにね。予算は気にしなくていい」

「あの、若頭さん？　わたしは量販店の安い洋服で十分です」

「かしこまりました。お連れ様の本性を教えていただければ、仕立ての参考にしますわ」

困り顔の華を無視して、狛夜は棚の反物を見定めていく。

「仕立てに工夫する必要はないよ。その子は人間だからね」

「まあ」

驚いた店主の頭に、狐耳がぴょこんと飛び出した。

他の従業員も釣られて狸やイタチの耳を出す。

「皆さんも妖怪なんですか？」

「ええ。このビルの従業員は、ほぼすべて化生の者ですわ。若様のお膝元ですので、どんな妖怪も安心して働けますのよ」

店主が視線を向けた先には、床をモップで磨く清掃員がいた。野暮ったい制服の裾からもふもふの毛皮がはみ出ている。よく見ないと分からないが、彼も妖怪だ。

「ここは僕が社長をやっている会社の持ち物なんだ。俗に言う極道のフロント企業だね。妖怪に仕事を斡旋する事業がメインだったんだけど、こういった場所を自前で持っていた方がやりやすかったから買っちゃった。ちなみに隣接するホテルも僕のだよ」

華はびっくりして、近くにあるビルの案内板に目を凝らす。

そこには『HOZUKIグループ』と載っていた。

(鬼灯って、どこかで聞いたことがあると思ったら！)

高級ホテルチェーンや商業施設、和食レストランなどを運営しているグループ系大企業だ。ローマ字表記のせいで今まで気づかなかったが、鬼灯組の一環だったらしい。

目の前の妖怪がそんな有名企業を率いていたとは。思わず華は目を見張ってしまった。

「この柄がいいな」

狛夜が手に取ったのは、花びらと丸いフォルムの兎が染め抜かれた桃色の反物だった。

店主が持ってきた若草色の帯にも兎がいて、こちらは唐草と組み合わさってダマスク模様のようだ。

「帯の方は『花うさぎ』っていう古典柄だね。兎は月にいることから転じて、ツキを呼ぶ縁起物なんだ。鬼灯組にこの化生はいないし、何より君にぴったりだ」

「わたしに兎のイメージはないと思いますが……」

「あるよ。組に来てから、ずっと寂しそうに震えてる」

「…………そんなことは」

ない、とは言い切れなかった。

平気な顔をして反物や帯を見ている今だって、まだ混乱している。

スカートを握りしめて黙る華の髪に、狛夜はさりげなく手を伸ばす。

「ここには僕しかいないんだから、気を抜いていいんだよ？」

労る(いたわ)ように触れた手が離れた時には、ボサボサだった髪は、青色の飾り玉がついた簪(かんざし)で留められていた。

姿見に映してみた華は、表情が強(こわ)ばっていたことに気がつく。

「わたし、こんな怖い顔をしていたんですね……」

「今日は組でのことは忘れてゆっくりしよう。僕は若頭の地位にいるけれど、君の前ではただの男。気安く名前を呼んでくれたら嬉しいな」

狛夜は、そう言って表情をほころばせた。人間にも友好的で、鷹揚な性格のようだ。ちょっと距離が近いのは気になるけれど、頼っていい相手かもしれない。

華は、警戒心を解いて、ふわっとした笑みを返した。

「お言葉に甘えて、狛夜さんとお呼びします。わたしのことも好きに呼んでください」

「そうするよ。ありがとう、華」

にこやかに応えた狛夜は、他の反物と帯も買い上げた。

日常着から訪問着、真夏に着る薄物や道中着まで一式だ。

仕立て上がりの着物で、華の背丈に合うものがあったので、その場で着付けてもらう。

クリーム色に紅梅があしらわれた袷に、花模様が浮きあがる赤い帯を締める。

狐の帯留めは、店主が選んでサービスしてくれた。

パンプスから赤い鼻緒の草履に履きかえて試着室から出てきた華を、狛夜は手放しで褒めてくれる。

「目が覚めるくらい綺麗だよ。どうせだから華のものは全部、兎で統一しようか」

いつの間にか会計を済ませていたようで、次は生活雑貨の店に連れて行かれた。

ふかふかの今治タオルや天然毛の歯ブラシ、江戸切子のグラスなど、狛夜が選ぶ品々には必ずワンポイントで兎がついている。

とても可愛い。でも、どれもお高くて、華には勿体ないくらいの高級品だ。

「バスタオルが一万円に、歯ブラシが五千円……わたしの知ってる物価と違います。狛夜さん、本当に安いのでいいんですよ？」

「これでいいの。僕が華に買ってあげるんだから。次はサロンに行こうね」

「ひゃー」

ぐいっと方向転換して美容院に連れ込まれた華は、カットとトリートメントを施され、簪の似合うハーフアップにセットされ、薄く化粧までしてもらった。

手を入れられるごとに美しくなっていく自分に見惚れてしまう。

きちんとお金をかければ、冴えない自分でもそれなりに見えるのだ。

だが、美容には体力も必要だった。

高層階にあるレストランの個室に落ち着く頃には、華はすっかり疲れ果てていた。

「ここまで豪勢な買い出しをしたのは、生まれて初めてです……」

買い出しの総額がいくらになったのか考えるだけで恐ろしい。

特に和服。着倒れという言葉があるくらいだし、コールセンターのお給料三年分くらいはいっているはずだ。

「ふふ、楽しかったなぁ。今度は、海外ブランドの支店を回って洋装を揃えようね」

「結構です！　お金は大事に使わないと」

華が控えめに遠慮すると、テーブルの向かいに座った狛夜は残念そうに肩をすくめる。

「気にしなくていいんだよ？　僕、それなりに稼いでいるんだ」

狛夜は、挨拶に来たソムリエに年代物のワインを言いつけた。

入れ替わりで運ばれてきた食前酒は、花の蜜を溶いたような淡い色合いだ。

「……狛夜さんが経営している会社は、他にどういったものがあるんですか？」

「妖怪にまつわることなら何でも手広くやっているよ。不動産を紹介したり、仕事を仲介したり、レンタル業や貸金業もするし、あとは……秘密」

そう言って、狛夜は唇に指を当てた。

「秘密……」

狛夜は、何も言わずに薄く笑ったまま、食前酒に口をつけた。

アルコールを味わう大人の顔にドキッとしてしまう。

「あの、狛夜さん」

薄切りにした赤かぶに、生ハムとオリーブをのせた前菜を飲み込んだ華は、思い切って聞いてみた。

「どうしてこんなに親切にしてくださるんですか？　皆さん、わたしが滞在することに反対しているのに……」

「それは君のことが好きだからだよ。好きな子は大切にしたいものでしょ？」

「好きって……それがよく分からないんですけど……」

妙に好意を寄せてくる狛夜に、華はずっと違和感があった。

狛夜とは知り合ったばかりで、特に何かをしたわけでもない。

初対面で一目惚れされた……というのもあり得ない。

今までそんな経験はないし、むしろ華が気になった男性は、急に避けるようになったり誰かに奪われたりするのが定番だった。

（最初に言われた「見つけた」っていう言葉は、ずっと気になっているけれど――）

狛夜の勘違いかもしれないし、それについて根掘り葉掘り聞くのも失礼だ。

考え込む華に、狛夜はうっとりと語りかける。

「いつか僕の愛の大きさに気づくよ。それまで、華の方からお嫁さんになりたいって言ってもらえるように、たくさん努力するね」

花のように麗しい笑みを向けられ、華は何も言えなくなった。

（だから、なんでそんなに嫁入りに肯定的なんですか……!?）

もう何を考えているのか分からない。

華が混乱する一方、狛夜はワイングラスを置いて手を組んだ。

「それに、華は組としても大事な存在だよ。次期組長を選ぶこと。そして玉璽を見つけ出すこと。これは華にしかできないんだ。僕らが駆けずり回っても、盗んだ犯人の手がかりは得られなかった。それを華は追うことができる。君は鬼灯組の救世主なんだよ。少しもお邪魔虫なんかじゃない」

「狛夜さん……」

居候になった上にお金まで使わせてしまって申し訳ないという華の気持ちを、狛夜は何も言わなくても感じ取ってくれたらしい。

語りかけられた優しい言葉は、華の心をするりと撫でていった。

会社に続き、鬼灯組でも感じていた居づらさが解れていくようだった。

「それに僕、華には驚いたよ」

きょとんとする華に、狛夜は運ばれてきた子羊のローストを切り分けながら言う。

「昨日の謝罪ときたら面白かった。極道の世界では、一度謝ると罪を認めたことになってしまうから、どんなに悪気があっても謝罪はしないいんだ。そういう世渡りの方法を知らないと言い換えてもいい」

——ということは、華の謝罪は極道に対しては逆効果だったようだ。

漆季に刃を当てられたことを思い出し、だからかと華は顔を青くする。

「華はすごいよ。急に勢いよく詫びの言葉を語りだすんだもの。謝罪で煙に巻く人間なんて、長らく生きてきて初めて見た」

ふふふ、と狛夜が楽しそうに笑うので、華の体からどっと力が抜けた。

「そうですか……。でも、もう簡単に謝らない方がいいってことですよね？」

「いや、華なら面白いことができるかも。力で敵わないのなら、謝るスキルで渡り合ってみたらどうかな。それで上手く丸め込んで、自分のペースに持ち込めばいい」

「な、なるほど……。わたし、自分なりに頑張ってみます」

「うん。何かあったらいつでも僕を頼ってね」

談笑しつつ和やかに食事を終えて、お手洗いに寄らせてもらう。

袖に気をつけながら手を洗っていると、真正面の鏡の中で何かが動いた。

「なに？」

華は後ろを振り向く。ＶＩＰ用の個室なので、当然ながら他の利用者はいない。

きょろきょろと首を回らすと、荷物台の陰から顔を出した小さな獣と目が合った。

「いた！」

華の声に驚いた獣は、台の下から飛び出してトトトッと壁を登り、換気口に入ってしまう。大きさはリスくらいだったが体は白く、尻尾は長くもっちりとしていた。

今のは何だったのだろう。

考えながら待ち合い室に戻ると、狛夜は知り合いの経営者と語らっていた。

（狛夜さんは、人間とほとんど変わらないな）

だから、あまり怖くないのかもしれない。鬼灯組で唯一好意的に接してくれる狛夜の存在は、いきなりあやかし極道に巻き込まれた華にとって救いだった。

大量のショップバッグをさげて屋敷に戻る頃には、空は暮れなずんでいた。

華は、車を停めてくるという狛夜と別れて裏門をくぐる。

一人でも迷うことなく離れに向かい、縁側に荷物を置いた。

「おい」

顔を上げると、庭先に漆季が立っていた。

傷痕の残る顔をしかめて、買い物の山を見つめている。

「どこに行っていた」

「日用品の買い出しに行ってきたんです。狛夜さんのご厚意で、お着物を見立ててもらったり、フレンチをご馳走になったりしました」

嬉しそうに笑う華に、漆季は舌打ちで返した。

「買収されたか……」

そう言って、背中に手を回す。何も背負っていなかったのに、腕を引き戻した時には日本刀が握られていた。黒い拵えに、赤い飾り緒が結ばれた太刀だ。

「ち、違います。買収なんてされてません！」

「黙れ」

漆季は、鞘を払った刀を問答無用で振りかぶった。

「華！」

腕を後ろに引かれて華はよろけた。攻撃からかばうように狛夜が体を滑り込ませ、白銀色の拳銃で刃をガチンと受け止める。

「彼女の前で、チャカなんか抜かせないでくれるかな？」

「狐野郎、卑怯な手を使いやがって……」

地を這うような漆季の声には、凶暴な怒気が宿っていた。

ゾッとする華を尻目に、狛夜は薄く笑って刀を弾き飛ばす。

「鬼灯組の一員として、新生活を始める手助けをしただけさ。女の子なんだから、寝て起きるだけでも必要なものがごまんとあるんだ。そんなことも知らないで、鬼灯組の次期組長になれると思っているのかな？」

「黙れ。新参者が」

「新参って言っても、僕が入門したのはもう四百年も前だよ。古参ぶるのは止めてもらおうか。君より僕の方が、組での地位は上なんだからね」

「……チッ」

舌打ちした漆季は、華に怒りの標的を移した。

「金になびいてんじゃねえぞ」

それだけ言い残して庭に消えていく。

呆然（ぼうぜん）とする華の肩に、拳銃をしまった狛夜が手を添えた。

「大丈夫だった？」

「はい……」

何とか答えたけれど、血の気が引いた華の体は、春の夜風より容赦ない鬼の冷たさに震えていた。

◇◆◇◆◇

漆季との一件の後、狛夜は離れに可愛らしい男の子を連れてきた。

「ぼくは豆狸の豆太郎（まめたろう）と申します。狛夜兄貴のご命令により、華さまの世話人となりました。尻尾を隠せない未熟者ですが、どうぞよろしくお願いいたします」

垂れ目がちの大きな目や、茶色に黒メッシュが入った丸い髪型が愛らしく、菊綴（きくとじ）のついた水干と袴（はかま）は時代劇に出てくる子役みたいだ。縞（しま）が入った尻尾には葉っぱがついている。

こんな可愛らしい妖怪もいるのだとほっこりする華に、狛夜が説明をくれる。

「この離れは、ヒラの組員が入れないように結界を張ってある。近づけるのは僕と組長、幹部連中とこの豆太郎くらいだよ。だから、安心してね」

「ご親切にありがとうございます。狛夜さん」

華が頭を下げると、狛夜は青い瞳（ひとみ）を愛（いと）おしげに細めた。

「君のためなら何だってするよ。豆太郎、あとはよろしくね」

そう言って、狛夜は母屋へ続く渡り廊下を歩き去った。

離れは、外廊下に囲まれた和室になっていて、こぢんまりした趣がある。

立派な床の間と押し入れがあり、壁際には和風のキャビネットやドレッサーが置かれている。戸を隔てた向こうにある簡易キッチンやお風呂、トイレは華専用だ。

怖い組員と顔を合わせずに生活できそうで、ひとまず華は胸を撫で下ろした。

「買い出しでお疲れになったでしょう。すぐにお湯をご用意しますね」

てきぱきとお風呂を沸かして布団を敷いてくれた豆太郎に、華はすっかり気を許して彼を「豆ちゃん」と呼ぶまでになった。

リフォームしたばかりのユニットバスは綺麗で使いやすい。

洗い髪を兎柄のターバンでまとめて、ゆったり足を伸ばせる浴槽にはられた熱めのお湯に浸かると、今日の疲れがじわじわと抜けていくような気がする。

「次期組長選び、どうしたらいいんだろう……」

手伝うとは言ったものの、狛夜とは交流できそうな一方で、漆季とはかなり難しそうだ。華を良く思わない組員たちの中でも、特に嫌われているような気がする。

(鬼さんには聞いてみたいことがあるのに……)

今のままでは意思の疎通がままならない。次期組長を決めても、どうしてその妖怪を選んだのか確たる理由がなければ、逆恨みされて殺される可能性だってある。

それぞれの派閥で争いが起きたら、甚大な被害が出そうだ。

——死ぬのは、嫌だ。自分以外の誰かが死ぬのは、もっと嫌だ。

華の両親は火事で、祖母は病気で亡くなった。どちらも子どもの華には手の施しようがなかった。自分が味わった深い悲しみと遣る瀬ない思いを、他の人にさせたくない。

それがたとえ妖怪でも。

誰かを思いやる気持ちは、好きや嫌いや苦手意識とは別の場所に宿るのだ。

『……こ……』

「ん？」

何だか外が騒がしい。お風呂から上がり、兎のワンポイントがついたパジャマに着替えて庭に下りる。多数の気配が裏門の方からした。

茂みに隠れて覗くと、黒服の組員が忙しなく行き交っている。開いた門の向こうには、フルスモークの黒い大型ミニバンが、エンジンのかかった状態で停まっていた。

「何があった」

姿を見せたのは狛夜だ。闇と同化しそうな黒いシャツに白いベストを重ね、ジャケットを腕にかけた彼に、パンチパーマの側近が小声で報告する。

「……で、もめ事が起きとります。お客の一人が、支配人を呼べと暴れているとか」

「僕を顎で使えると思ったのかな。命知らずめ」

狛夜の瞳が残虐な色に光った。昼間の彼とは正反対の雰囲気に、華は息をのむ。

狛夜が乗り込むとすぐに車は出発した。組員は一列に並び、頭を下げて見送る。

その端にいた豆太郎は、門の内側に戻ると、母屋とは反対方向へ歩き出した。

(どこに行くんだろう?)

華は息をひそめて後を追った。

道の先には広い駐車場があり、淡い色合いの水干衣装を着た妖怪の子らが群れていた。

彼らは、母屋に住みこんで働く部屋住みと呼ばれる物の怪(もののけ)たちだ。

ハリネズミみたいにトゲトゲした髪型の男の子が駆け寄ってきたので、華は近くにあった車輪つきの小屋の陰に隠れる。

「豆太郎、お前は離れにいる人間の小間使いだろ。こっちに来ていいのかよ?」

「寝る支度はしてきました。ぼくも部屋住みですから、組へのご恩を返すため加勢に向かいます」

(豆ちゃんは良い子だなぁ)

感心する華の腕に、何かがチョンと触れた。

虫かと思って手で払うが、続けてチョンチョンとぶつかってくる。

「もう、しつこいな——、っ!」

振り返った華は、息が止まるような衝撃を受けた。

見上げるほど巨大な生首が、伸ばした赤い舌で華の腕を突いていたのだ。

「〜〜〜!」

悲鳴を上げそうになった口を押さえて尻もちをつくと、豆太郎に気づかれてしまった。

「華さま!?」

「豆ちゃん、こここ、これは!?」

豆太郎にすがりつく華を見て、男の子は呆れ顔になった。

「人間ってのは何にも知らねえんだな。こいつは朧車。牛車の妖怪で、鬼灯組の運び役なんだぜ。役員や直参はかっけー自動車を持ってるけど、部屋住みは大抵これ。一号車から九号車まであるんだ!」

華に興味を失った生首は、のそっと舌を引っ込めた。

小屋だと思っていたものは、生首の本体である牛車だった。

駐車場には同じような朧車が九台もあって、火の玉のヘッドライトを光らせている。

先ほどの生首は、定員になるまで牛車の軒先で待機するようだ。

「鬼灯組にはこういう妖怪もいるんだね。教えてくれてありがとう、ええっと……」

「おいらは小玉鼠の玉三郎！　生国は雪国の山中だ。禁猟地に入ってきた人間の前で破裂して、脅かすのがお役目だったんだぜ！」

「す、すごいね……」

自分を親指でさして格好つける玉三郎に、華はひくっと頬を引きつらせて笑いかけた。人を驚かせるためだけに、身を投げ打って破裂するなんて。

（怖い……！　こんなに可愛い見た目なのに!!）

華は豆太郎にがしりと抱きついた。一方、玉三郎は「そーだろ、すげーだろ！　お前人間だけどわかってんなあ！」と鼻を高くしている。

「華さま、もうじき出発だと思うので離れに戻りましょう。ぼくも一緒に行きますから――」

デン！

豆太郎の声を遮るように、小気味いいデンデン太鼓の音が響いた。

合図を待っていた生首が大口を開けて息を吸う。

周囲に突風が吹き、談笑していた部屋住みたちは次々と牛車に吸い込まれていった。

「きゃーっ！」

華と豆太郎、玉三郎も五号車に転がり込む。

三人で定員になり、牛車の上部にある表示灯が『空車』から『満車』に変わった。

生首が屋形の正面にドシンとはまって、朧車はふわりと浮き上がる。

「待ってください、降ります！」

生首に訴えるけれど、朧車は止まらない。

「華さま、こうなっては仕方ありません。ぼくがお守りするので離れないでくださいね」

「うん……。ごめんね、豆ちゃん。迷惑をかけて……」

「よいのですよ。人間が妖怪を怖がるのは当たり前のことです」

豆太郎は、華を安心させるために手を繋いでくれた。小さな手はぽかぽかと温かい。

高度が安定して、玉三郎が「朧車は妖力で飛んでるから飛行機みたいに騒音がしないんだぜ！」と自慢してくる頃には、華の怯えは落ち着いていた。

物見からそっと外を覗いた華は、不安も忘れて歓声をあげる。

「わぁ……！」

真下に、街灯や家の明かりが揺らめく大パノラマの夜景が広がっていた。人間が眠りにつく頃合いに夜空を疾走するなんて、サンタクロースになった気分だ。

やがて朧車が着地したのは、すり切れた暖簾が下がる銭湯の前だった。

モルタルの壁はひび割れ、木枠の窓ガラスがいくつか落下している。

「ここは、わたしが幼稚園に通っていた頃に閉館したような……」

「廃業した銭湯を鬼灯組で買いあげて、妖怪カジノにしたのです」

「カジノ!?」

「この辺りの人間は引っ越して、今や誰もいませんから都合が良かったんですよ」

華が豆太郎の手を借りて朧車を降りると、建物から妖怪たちが走り出てきた。

慌てた様子を見るにつけ、もめ事は解決できていないようだ。

「華、おいらについてきな！　『男』の暖簾から入るとカジノ場へ、『女』の方から入ると銭湯の廃墟へ出るようになってるんだ」

玉三郎に続いて男の暖簾をくぐると、急に辺りが明るくなった。

くらんだ目をこすってよく見れば、そこは赤絨毯が敷かれた遊戯ホールだった。

「う、うそ……」

銭湯の面影はどこにもない。

スロット台やカジノテーブルが置かれていて、客の妖怪が賭け事に興じている。

クリスタル製のシャンデリアに灯った青い炎は、火の端が三角耳のように伸びては消えて、まるで狛夜が指先に出した狐火のようだ。

ジャラジャラ音のした方向に顔を向けると、スロット台のわずかな隙間で、手と足が異様に細長い人形の妖怪がコインを数えていた。

卒倒しそうになった華は、ぐっとお腹に力を入れて踏み止まる。

「華さま、大丈夫ですか？」

「うん……。見慣れないから驚いただけ……」

ドンと地面が揺れて、ホールの奥にある別室から数名の妖怪が逃げてきた。

先を歩いていた玉三郎は、「あっちが騒ぎの本拠地だ」と面白がる。

「昔ながらの丁半勝負ができる賭場があるんだぜ」

「丁半勝負ってなあに？」

「サイコロの目が偶数か奇数か賭ける遊びだ。おいらは仕事があるから、二人で二階の物見櫓に行って、何が起こってるか見てこいよ」

華は、豆太郎と手を繋いで階段を上がった。

ドーナツのように真ん中が空いた櫓からは、畳敷きの賭場を見下ろせた。

盆茣蓙が部屋の中央にあり、その周囲にはサイコロや笊の壺、賭け金の代わりに出すコマ札が散らばっている。

「お客様、騒ぎは困りますよ」

その中心に、狛夜は姿勢良く立っていた。彼の視線の先では、破戒僧のような容貌の見上げ入道が、あぶくを吹いて難癖つけている。

「ここの丁半勝負はイカサマだ！　必ず胴元が勝つように操作されておる！」

「身に覚えがありません。そうだね？」

狛夜が尋ねると、着物から片腕を抜いた妖狐の女賭場師がこくりと頷く。

「へえ。あたいはイカサマなどしておりません」

「嘘をつき申すな！　貴殿ら妖狐は、阿漕な真似で人を貶めるのが常套手段よ。そうでなければ、レストランの所有権をかけた先日の勝負で、拙僧が負けるはずはない！」

「レストラン……ああ、思い出しました。お客様は僕が持っているフレンチレストランの前の所有者でしたね。今日、未来の妻と行ってきたばかりです。美味しかったですよ」

「ぐぬぬ。奪った相手の前でいけしゃあしゃあと申すな！」

「それは失礼」

笑ってとぼけた狛夜は、足下に転がっていたサイコロを拾い上げる。

「イカサマだと疑われるのなら僕と再戦してみませんか。勝った負けたに二言はない、一対一の真剣勝負。僕が負けたら、店の所有権はお返しします」

「受けてたとう。ただし勝負の前に、サイコロに仕掛けが施されていないと、拙僧に確認させよ！」

「かまいませんよ」

見上げ入道は、狛夜に手渡された二つのサイコロを入念に調べた。

「ぐぬぬ。仕掛けは見当たらない」

「では、それを御自らの手で賭場師に手渡してください。僕は一切、触れません」

狛夜は、両手を挙げて降参のポーズを取った。

サイコロを渡された女賭場師は、それを壺に放り込むと、キビキビとした動作で盆茣蓙に伏せた。右手で壺を押さえたまま、左手の指を大きく開いて、他にサイコロを持っていないと見せる。

壺を前後に三度動かすと、サイコロがカラカラと転がる音がする。

「拙僧は半だ!」

盆茣蓙についた見上げ入道が、コマ札を縦向きに置いた。狛夜は横向きに置く。

「それでは、僕は丁に賭けよう」

「コマぁ出揃いました。勝負!」

壺が開かれる。サイコロの出目は『1』と『1』。

「ピンゾロの丁!」

「……ぐぬぬ!　この勝負はおかしいっ!!」

再戦でも負けた見上げ入道は、盆茣蓙を蹴り上げた。

「イカサマだ、イカサマだ！　妖狐が汚い手を使い申した!!」

叫ぶ入道の体はムクムクと膨らんでいく。背丈はあっという間に櫓を超えて、天井に頭がぶつかり、首がグギリと奇妙な角度に折れ曲がった。

「貴殿らは、卑怯な真似をして拙僧を負けさせたのだ！」

見上げ入道が振り下ろした拳が、華の真横に叩きつけられる。

「きゃっ！」

櫓は壊れて、足場を失った体は宙に投げ出された。

無重力感に胃が突き上げられる。この高さから落ちれば大怪我はまぬがれない。

驚いた豆太郎は、小さな豆狸の姿に戻ってしまった。

せめて彼だけは守ろうと、華は彼を抱きしめる。

「――迷い兎がいるね」

落下していた体が、ふわっと軽くなった。

はっとして見れば、狐耳を生やした狛夜が、空中で華を横抱きにしていた。

「狛夜さん……」

「こんな場所に忍びこむなんて悪い子だ。そんなに僕の秘密を知りたかったの？」

かろうじて形を保った櫓の端に着地した狛夜は、見上げ入道をせせら笑った。

「負けが悔しいのは分かるが、駄々をこねて暴れる妖怪はもはやお客ではない。出ていってもらおうか」

「断り申す！」

拳が勢いよく振り下ろされた。足を踏み切って避けた狛夜は、階段を足場にしてシャンデリアに飛び乗る。見上げ入道は、周囲を破壊しながら追いかけてきた。

「待て待て待てー！」

「しつこい奴め」

狛夜は、振り子のように揺れ動くシャンデリアから、本日の総賭け金を表示する電光掲示板に移動し、スロット台の上を走り抜けて見上げ入道を翻弄した。

拳をスレスレでかわすたび、羽織が蝶の羽根のように広がる。なびく髪はシャンデリアが霞むくらい強く輝き、豊かな尻尾がもふっと揺れる。

牙を覗かせて笑う狛夜を見上げて、華の鼓動はうるさいぐらいに高鳴った。

（狛夜さん、愉しそう）

素早い身のこなしに振り回された見上げ入道は、ホールの中ほどで大きくよろけた。

「目、目が回る〜〜」

そう叫ぶなりドシンと倒れてしまった。大きな目玉はぐるぐると渦を巻いている。

「もう終わりかい？」

床に着地した狛夜は、残念そうに溜め息をついた。

「僕に挑むなら、もっと鍛えてから来てもらわないと。華もそう思うよね？」

「これ以上、スリリングな体験は困ります……」

華が深呼吸すると、懐で「キュウ」と可愛らしい鳴き声がした。

「忘れてた！　豆ちゃん、大丈夫？」

「平気です、うっぷ」

「豆太郎、休んでいなさい。僕は事後対応をするから、これを持って待っててね」

ようやく降ろしてもらえた華は、先ほどの丁半勝負で使ったサイコロを握らされた。

周りでは、騒ぎでゲームを中途半端にされた妖怪が、運営にブーイングを出している。

「豆ちゃん。ここにいると邪魔になるから、ホールの端にあるベンチまで行くね」

豆太郎を抱えて歩き出した華は、不安な時の癖で首にかけた翠晶に触れた。

すると、翠晶は淡く光り、サイコロから黒い影が飛び出した。

華の腕にちょこんと乗ったのは、小さな白い妖狐だ。華は、あっと思う。

ＶＩＰトイレで見た獣とそっくりだ。

「あなた、サイコロに取り憑いていたの？」

ということは、先ほどの勝負は——。

華は、指示を出し終えた狛夜に近づき、妖狐の首ねっこをつまんで眼前にぶら下げた。

「狛夜さん、これは一体どういうことですか？」

「あれ。見つけちゃったんだ」

手の平で妖狐を受けとめた狛夜は、逆毛の立った頭を指の腹で撫(な)でた。

「これは管狐(くだぎつね)という妖怪で僕の手下だよ。体が小さいから目立たない役を命じることが多いかな。例えば、壺の中に潜んで、僕が賭けた方にサイコロの目を変えたりね」

「詐欺じゃないですか……」

見上げ入道が言った通りイカサマは行われていた。

サイコロに取り憑いた管狐が、狛夜が賭けた方の目を出したのだ。

レストランの支配権も同様にして奪ったのだろう。

「こんなのフェアじゃありません。見上げ入道さんが可哀想(かわいそう)です」

「賭け事が公平でなければならないなんて、誰が決めたの？」

「誰が、って……」

「胴元が勝てる勝負を催すのは、古今東西の習いだよ。そのために手練の賭場師を雇ってるんだ。僕、欲しい物を見つけると我慢できないんだよね」

悪びれた様子もなく、狛夜は管狐を帯に挟んでいた竹筒にしまった。

「これで見上げ入道も、自分は賭け事に弱いんだと認めざるを得ないだろう。ここの修理費用を請求しても払う当てはないだろうから、どこかのタコ部屋にでも送るかな……」

情け容赦のない外道。これが狛夜の素なのだ。

心を許し始めていた華の熱がすっと冷めた。

「狛夜さん」

華は、翠晶を両手で握りしめて、金を巻き上げる算段をする狛夜を見つめた。

「そうやって、わたしのことも騙(だま)すつもりですか？」

榛色(はしばみいろ)の瞳(ひとみ)をうるませる華に、狛夜は悠々と微笑む。

「君を愛しているのは本当だよ」

妖怪カジノを出た狛夜は、エンジンのかかったミニバンに乗り込んだ。

待たせている間に、華と豆太郎はいつの間にか肩を寄せ合って眠っていた。

「……君は優しいね」

妖怪が怖くてすぐ涙目になるくせに、櫓から落ちた際には豆太郎をかばった。

華にとって己は最も大切なものではないのだろう。

翠晶の持ち主にふさわしい献身的な娘だ。

「若頭、愉しそうですね」

狒狒というパンチパーマの側近に言われて窓ガラスを見ると、嬌笑する細い面が映っていた。作り笑いでない笑みを浮かべたのは、いつ以来だろう。

「愉しいか……。そうだね、すごく愉しいよ」

次期組長の座を得るには、この娘に選ばれなくてはならない。

しかし狛夜は、跡目を継ぐためではなく、ただただ華を求めていた。

(君をどうしても手に入れたい)

甘やかして籠絡し、適度に飢えさせて渇望させるのは、九尾の狐の十八番。

他の妖怪にはできない芸当である。

組長に特別に目をかけられている鬼夜叉は、特に苦手なはずだ。

愛と財に飢えた華がこの手に落ちるのは時間の問題だと、狛夜はほくそ笑む。

『――狛夜。わたしが好きなのは、あなたじゃないのよ』

遠い昔に浴びせかけられた言葉が、記憶の底から響いてくる。
心から愛していたのに、〝彼女〟は狛夜ではなく別の男を選んだ。
なぜ？　どうして？
選ばれなかった狛夜の胸は、じくじくと膿んだように痛んだ。
だが、長い歳月を生きても消えなかった恋心は、華と出会って再び熱を持った。
狛夜の手を離して遠くにいった彼女が、同じ姿に生まれ変わって戻ってきたのだ。
華と出会った時に、そう直感した。
それなら、今度こそ結ばれて永遠に一緒にいよう。
他の男になんて絶対に渡さない。
「もう二度と離さないよ。僕の――」
懐かしい名前を呼びながら、狛夜は、眠る華の頭をうっとりと撫でたのだった。

第三章　鬼の豪気に負けない乙女

「これはどうかな？」

華は、菜の花色の小紋に、遊び心のある赤いギンガムチェックの帯を合わせた。意外と似合っていたので、帯揚げと帯締めで水色を入れてみると、ポップで明るい印象になる。

洋服だったら避けてしまう派手な色も、和服だと着こなせてしまうのが不思議だ。

狛夜が買ってくれた着物が仕立て上がって、屋敷に届きだしたのが五月の初め。

中旬にさしかかる現在は、ようやく一人での着付けに慣れて、帯や小物とのコーディネートが楽しめるようになってきた。

背筋の伸びる格好で、鬼灯の透かし彫りが施されたちゃぶ台につく。

使っていないハンドタオルを敷き、首にかけていた翠晶を置いた華は、手をかざしてうむむと念じた。

「翠晶さん、翠晶さん。玉璽がどこにあるのか教えてください」

透明な結晶に、翠色の光がぽわっと灯る。しかし、反応といえばそれだけだ。

「今日もダメみたい。翠晶なら在りかが分かるはずなのになぁ……」

連日のように尋ねているが、翠晶は応えてくれない。

車のナビみたいに地図を表示してくれとまでは言わないから、せめて玉璽がある方に光が伸びるとか、近づくと音が鳴るとかしてほしい。

（玉璽捜しもろくにできない。次期組長の選定も進んでない。このままじゃまずいよね）

焦燥感に突き動かされて、華は立ち上がった。

「翠晶について誰か教えてくれないかな……？」

正直言って組員は怖い。

顔つきはもちろん、常に喧嘩を売っているような言葉遣いにビビってしまう。

けれど、狛夜が言ってくれたように、少しずつでも組員と仲良くなるのが大事だ。

母屋に行って大広間の襖を開けると、花札に興じていた強面がザッと振り向いた。

「ひっ！」

ヤのつく方々の登場にありがちな、トランペットの効果音が聞こえてくるようだった。

どうして皆、ゴシック体の文字入りジャージや、厳つい虎や龍が印刷されたシャツを着ているのだろう。近寄りがたさが半端じゃない。

「こ、ここに、翠晶の扱い方をご存じの方はいませんか？」

何とか笑みを湛えて問いかけると、リーゼントを揺らしながら金槌坊が近づいてきた。

「持ち主なのにそんなことも知らねえのか、ああん？　テメエ、本当は安倍晴明の子孫なんかじゃねえんだろ。よくも騙してくれたなあ!!」

「ち、違います。騙すなんて、そんなことは」

「うるせえ、食われてえのかっ」

金槌坊は妖怪の姿になり、グワッと口を開いた。

華は悲鳴を上げかけたが、それより金槌坊が横に飛ぶ方が早かった。

「うるせえのはどっちだ……」

蹴り飛ばしたのは漆季だった。羽織をはだけさせ、黒いズボンのポケットに手を突っ込んだスタイルは、まさしく無頼漢。

金槌坊が庭に落ちるのを見た組員たちは、怯えた様子で漆季を見る。

（わたしを助けてくれた……？）

とくん、と華の鼓動が弾んだ。

まるで、あの時みたいだ。懐かしさが胸の奥からこみ上げてくる。

「親父の許可なくコイツを食うな」

ギロリと大広間を見回して低く告げた漆季は、華の腕を掴んだ。

「はい！」

華は、笑顔を弾(はじ)けさせた。ずっと気になっていた漆季に助けてもらったばかりか、手を繋(つな)いで歩いてもらえるなんて。

正しく表現すると、箒(ほうき)の柄のように鷲掴(わしづか)みにされて引っ張られているのだが、浮かれた華は気づかない。ニコニコ嬉(うれ)しそうに、歩幅の大きな漆季についていく。

「助けていただきありがとうございました。組員さんに翠晶の扱い方を教えてもらおうと思ったのですが、持ち主なのにどうして知らないんだと怒られてしまったんです。鬼さんはご存じでしょうか？　もしも知っていたら、教えていただきたいのですが――」

突然、体が宙に浮いた。漆季が華の首に手をかけて持ち上げたのだ。

ぶらりと垂れ下がった体の重みで気道が絞まる。

「か、はっ」

「ゴチャゴチャわめくな」

漆季は、華に額を近づけて真っ赤な目を見開いた。

「はな、し、て」

華は漆季の腕に爪を立てた。着物の袖が下がって、細い腕が露(あら)わになる。

「来い」

苛立っていた漆季は、華の左手首を一周する痣に気づくと真顔になった。

「……これは」

唐突にパッと手が開いた。床に崩れ落ちた華は涙目で咳きこむ。

「けほっ、けほっ！」

「人間と妖怪は相容れない。離れで大人しくしてろ」

それだけ言い残して、漆季は母屋へ戻っていった。

「華さま、どうされました!?」

通りがかった豆太郎が心配してくれたが、華はしばらく立ち上がれなかった。

「鬼夜叉ときたら、本当に乱暴者なんですから！」

豆太郎は、プリプリ怒りながら外廊下を箒で掃いた。

華は、衣桁に干して湿気を飛ばした着物を畳み、たとう紙に包んでいく。ツンと鼻にくる樟脳は和紙に包んでキャンディのように絞り、すべてを和風キャビネットにしまった。

部屋を綺麗にすると、華の気持ちはようやく落ち着いた。

襷掛けを解いて、鏡に映った左手首に触れる。

そこには、細い蛇がぐるりと巻き付いたような痣がある。

(鬼さんはこれを見て手を緩めた……。どうして?)

この痣は、華が幼い頃にできたものだ。


両親の亡き後、祖母に引き取られた華は、いつまで経っても友達を作れずにいた。ショックで上手く話せなくなっていたのだ。

幼稚園に居場所はなく、祖母がやっていた土産物屋にも居づらくて、いつも近くの公園で花壇を眺めていた。ピンク色のゴムボールを手に、毎日同じ花を見続けた。

晴天でも雨の日でも心に霞がかかっていて、目の前のことがリアルに感じられない。

華にとって、世界は薄布を一枚隔てた向こう側にあって、すべてが縁遠かった。

ぽつりと落ちた雨粒を目で追うと、下駄をはいた足があった。

知らないお兄さんが和傘を差しかけて、華が濡れないようにしてくれている。

「一人? お父さんかお母さんは?」

「…………」

両親は天国に行ってしまった。朝早く燃え上がった家と一緒に消えた。消防が調べたところ、失火は前夜に家族でやった花火の火が残っていたのが原因だという。

たしかに花火はした。しかし華は、父が水を溜めたバケツで遊び終わった燃えかすの火を入念に消すのを見ていた。

事情聴取で話したが、幼稚園児の証言は、まともに聞いてもらえなかった。

お葬式では、華のせいで二人は死んだ、と遠い親戚に言われた。

祖母が塩を撒いて追い払って、お守りだというペンダントをプレゼントして慰めてくれたけれど、その言葉は華の心にざっくりと刺さったままだ。

「……お父さんとお母さんは、わたしのせいで死んじゃったの。おばあちゃんはお店があるから、もうしばらく来ないよ」

「そうか。私もこんな見た目だから友達がいなくてね。よければ一緒に遊ばないか？」

華が顔を上げると、お兄さんは赤い目を糸みたいに細めた。

傘が閉じられた時には、雨はすっかり上がっていた。

雲の切れ間から顔を出した太陽が、華の周りを照らし出す。

地面の水たまりはあっという間に乾き、花壇の花は虹色に輝いて、色鮮やかな蝶々が飛び交う。まるで夢の世界に来てしまったようだ。

「きれい……」

「君は何も悪くない。今だけはすべて忘れよう」

華が持つボールを取り上げて、お兄さんは鞠つきを教えてくれた。

しっとりした声の手鞠唄に合わせて、てんてんてんとボールをつく。

最初はあちらこちらに転がって大変だったが、繰り返すうちに上達して、歌の終わりまで失敗せずにボールをつけるようになった。

「できた！　お兄さん、歌ってくれてありがとう」

「どういたしまして。でも、困ったな。たくさん歌って声がかれてしまったよ」

喉を撫でるお兄さんの声は、出会いばなより太くなっていた。

「君にお礼をしてもらいたいな」

「なにをしたらいいの？」

「簡単なことだよ」

お兄さんは、両手でボールを持つ華の前に跪いた。

「私の花嫁になってほしい」

「お友達じゃなくて？」

「花嫁なら、友達よりも強い繋がりができる。そうしたらいつまでも一緒に遊べる」

それなら、お兄さんの花嫁になるのもいいかもしれない。

華がこくりと頷くと、お兄さんは左手を取った。

結婚指輪をはめるように爪の先から指を滑らせて、細い手首を摑む。

「約束だよ」

長い前髪から覗いた赤い瞳が妖しくきらめき、握られた手首がカッと熱くなる。

「やだっ」

びっくりして振り払うと、目の前にいたはずのお兄さんは忽然と消えていた。

「あれ？」

「華ちゃん」

振り向くと、傘を差した祖母が立っていた。辺りには雨がザアザア降っていて、大きな水たまりがいくつもあったが、華は少ししか濡れていない。

「遅くなってごめんなさい。あら、濡れてないわね。誰か傘を差してくれたの？」

「さっきまでお天気だったの。お兄さんも太陽も、消えるみたいになくなっちゃった」

「お兄さん？」

祖母の顔つきが強ばった。しゃがんで華に目線を合わせ、悲しそうに言う。

「華ちゃん、辛い思いをさせてごめんね」

「辛くないよ、おばあちゃん。わたし、お兄さんと遊んで楽しかった」

にっこりと笑う華を、祖母は背負ってアパートに連れ帰った。

翌朝、目が覚めると、華の手首に巻き付くような痣がついていた。

それから何度も公園に行ったが、お兄さんとは二度と会えなかった。


遊んでくれた恩人の顔立ちは覚えていないが、あの真っ赤な瞳は忘れられない。

「鬼さんの目も赤かった」

あんな珍しい色の瞳を持つ男性なんて、あのお兄さん以外には会ったことがない。鬼灯組にいる妖怪たちも皆、赤い瞳ではなかった。

漆季が、あの日、ボールで遊んでくれたお兄さんなのだろうか。

もしもそうなら、きちんと感謝を伝えたい。あれ以来、華は前向きになれたから。

「すっかり片付きましたね。母屋から夕餉を運んで参りましょう」

華は食事を離れでとる。

母屋の台所から運ばれる御膳は、献立が工夫されていて、味付けも良く食べ飽きない。

鬼灯組には、門番や金庫番のように、料理を専門に担う厨房番がいる。竈や包丁、水瓶などの付喪神で、和食から中華、洋食までありとあらゆる料理を作ってくれるのだ。

「豆ちゃん。お夕飯に組員さんを誘っていいかな」

「どなたをお誘いに？」

「赤い目の鬼さんと食べようと思うの」

「それはいけません！」

うろたえた豆太郎は、ポンと獣の姿に戻って華の膝によじ登った。

「あの鬼夜叉と顔を突き合わせて食事なんて。もしも華さまに何かあったら、ぼくが兄貴に皮を剥がれてしまいます！　どうかお考え直しを！」

「でも……確認したいことがあるの。面と向かって食べるのがダメなら、食事の場に同席するだけでもいいんだけど、母屋のダイニングに来るかな？」

「来ません。鬼夜叉は蔵に一人で寝起きしているので、食事もそちらで取ります。蔵には、部屋住みですら滅多に近寄らないんですよ。後生ですから近づかないでください！」

涙目で訴えられて、華は不思議に思った。

「どうしてみんな、そんなに鬼さんを嫌っているの？　同じ組員なのに」

「嫌っているわけではありません。しかし鬼夜叉は、時として組員すら手にかける始末役です。誰にでもできるお役ではありませんし尊敬もしてはいますが、下手をして自分が殺されてはかなわないので迂闊には近づかないんです」

「分かった……。一緒にご飯は諦めるね」

その日の晩ご飯は、和風ハンバーグだった。

大葉と大根おろし、ポン酢ソースでさっぱり仕上がっている。茶碗蒸しと雑穀ご飯の組み合わせは胃に優しく、まろやかな白菜スープで体がぽかぽかと温まった。

食事が済むと、豆太郎が膳を下げている間にお風呂に入る。

髪を乾かして部屋に戻り、敷かれた布団で休むのが夜のルーティンだ。

眠るまでは豆太郎が外で見張ってくれるが、今日は眠そうに何度もあくびをしていた。

「見張りはいいから、ゆっくり休んで。わたしは一人で平気」

「では、お言葉に甘えさせていただきます。おやすみなさいませ」

遠ざかる足音が聞こえなくなるのを待って、華は布団から起き上がった。

「豆ちゃんは近づかないでって言うけど……」

漆季が組で孤立していると聞いて、華は他人事には思えなかった。

——自分も、周りの人から遠巻きにされたり、陰口を叩かれたりしてきたから。

一線を引かれる寂しさや虚しさを、数え切れないくらい味わってきたのだ。

(いくら怖いって言っても、誰も近づかないなんて、そんなの寂しすぎるよ)

会いに行って一言でも謝ろう。漆季がお兄さんなら、きっと聞いてくれる。

華は、庭に下りて蔵を目指した。

裏門に続く小道から脇へそれて歩いて行くと、海鼠壁の堅牢そうな建物が、夜の闇からぬっと現れた。

そこが蔵だと分かったのは、赤い炎が見えたからだ。

炎は、鬼灯の鏝絵が施された扉の前で、宙に浮かんだ夕餉の膳と一緒に上下している。

「ここに入りたいの？」

華が押すと、扉は難なく開いた。

お辞儀するように勢いを弱めた炎は、膳ごと階段の上に消えていった。

ぽつぽつと行灯が灯った蔵の内部は、外観から想像するより広かった。長持や箪笥、帆布に包まれた長物などが整然と置かれている。だが、漆季の姿はない。

二階にいるのかと思って、隅にあった階段に向かう。

段に足をかけたその時、階下からガタッという物音がした。

華は、地下に向かう方の階段に目をやる。

ひんやりした空気が吹いてくる階下は一階よりさらに暗い。澱のように沈んだ闇は底が知れなくて恐ろしいが、ここで怖じ気づいてはいつまでも漆季と話ができない。

華は意を決して階段を下った。

地下には、獣のような荒い息づかいが反響している。

「だから、知らねえって！」

若者の叫び声が、華が立てた床板の軋みに重なった。

蠟燭が灯った一角に漆季がいて、縄で縛り上げた若者をガンと踏みつける。

「しらばっくれてんじゃねえ。テメエがマージンちょろまかして飛ぼうとしたのは分かってんだ。そうまでして金渡してた相手のヤサ吐けっつってんだろうが……」

腕を伸ばして赤い絵蠟燭を摑んだ漆季は、溶けた蠟を若者の頭に落とす。

血痕のように飛び散る蠟。ジュウウと皮膚が焦げる臭い。痛々しいまでの絶叫。

（始末役って、こういうことだったの……？）

拷問を見たショックで、華はその場にへたり込んだ。

物音に気づいた漆季は、振り返って眉をひそめる。

「お前、なぜここにいる」

「鬼さんとお話がしたくて……。あの、暴行は、やめませんか？」

華は、なんとか声を絞りだして、震えながら漆季に訴えかける。

「ああ？」

漆季は、蠟燭を若者の背中に立てると、華のそばにしゃがみこんだ。

「ここはあやかし極道。外の法がどうだろうと、不義理かましたらエンコ詰めて落とし前つけさせるのが筋だ」

「えっと……す、筋を通すより、命の方が大事じゃないでしょうか……？」

死んでしまったら二度と会えない。それは妖怪だって、極道だって同じだ。

遺される苦しみを知っているからこそ、華の言葉にはどんどん熱が入っていった。

「聞き出したいお話があるのなら、拷問ではなく説得するべきです！」

「テメエ、喧嘩売ってんのか……」

漆季は、腕を背中に回してどこからともなく刀を取り出すと、華の真横に叩きつけた。

鋼鉄の鞘が床板にめり込んで、バキリと凄まじい音が鳴る。

「ひっ」

「女が舐めた口利いてんじゃねえ。ここでは拷問も脅しも日常だ。気に入らねえなら俺を跡目に選んで、さっさと出ていけ……！」

見開かれた赤い瞳がギロリと光る。

「――――！」

華は跳ね起きて、一目散に階段へ向かった。

豆太郎が言う通り、漆季は恐ろしい妖怪だった。手を出してこないだけで華を殺したいほど憎く思っている。同じように思っている組員は、きっと他にもいる。

（だって、ここは、あやかし極道だもの）

蔵を飛び出し、庭を抜けて離れに飛びこんだ華は、敷いていた布団にもぐった。

（鬼さんはあのお兄さんだと思っていたけど、違うのかもしれない……）

こんな怖いところ、もう嫌だ。だけど逃げる度胸はない。

首にかけた翠晶を握って、ただただ祈る。

誰でもいいからお願い、わたしをここから助けだして――。

「兄貴、お仕事中すみません」

代々の若頭が使っている二階の角部屋に、恐縮した様子で豆太郎が入ってきた。

大机で事業計画に目を通していた狛夜は、書類から顔を上げる。

「君が来るなんて珍しいね。どうしたのかな？」

「華さまが寝込んでおられまして。組長との朝食もお休みになり、昼になっても布団にもぐっていらっしゃいます。重いご病気なのではと思い、ご相談に」

深刻そうな顔をしているから何かと思えば、世話をしている人間の心配だった。

「風邪でもひいたのかな。人間は脆弱だから、気温が低かったり食べ物が悪かったりすると、すぐに体調を崩すものなんだ。心配だね……」

「風邪は、どうしたら治りますか？」

不安げな豆太郎の頭を、狛夜は立ち上がって撫でた。

「人間の医者を呼ぼう。他の組員に気づかれないように裏門を通して離れに入れる。鍵を開けておくように」

「承知しました！　他にできることはありますか？」

「風邪をひいた人間は、兎の形に剥いた林檎なら食べるらしいよ」

「買ってきます！」

ぱあっと表情を明るくした豆太郎は、喜び勇んで部屋を出ていった。

「世話をしているうちに情が湧いたのかな……。ただの情じゃなかったら許さないけど」

本来であれば、人を騙す妖怪が人間に陥落するなんてあってはならないが、華には庇護したくなるような雰囲気がある。未熟な豆太郎が心を奪われるのは致し方ない。

恋愛感情となれば話は別だが、そういう素振りはなかったので許すことにした。

狛夜は、評判のいい医者に電話をかけて屋敷に呼ぶと、自室を出て離れに向かった。

外廊下に面した障子を静かに開く。華は、敷かれた布団に横たわっていた。

呼吸は荒く、頬は熟れた果実のように赤い。額にはうっすら汗までかいている。

布団のそばに座って、すっと腕を伸ばす。

身に着けていたスーツが透き通って、白く輝く羽織袴の和装に変わった。束ねていた髪はサラサラと解け、三角の獣耳と九本の尾が現れる。

これは、白面金毛九尾の狐、本来の姿だ。

「苦しいんだね。可哀想に」

汗で張りついた前髪を寄せて、手の平を頬に滑らせる。

湿った肌は熱い。弱っているのを直に感じたら、妖狐の本性がうずいた。

このか弱い人間を支配して操作して、何もかもを奪ってやりたい。

心を差し出させ、湯水のように財産を使わせ、破滅するまで利用してから、ぱっくり飲み込んで血肉にしてしまいたい――。

そんな自分に、狛夜は溜め息をつきたくなった。

九尾の狐は、残虐な形でしか人を愛せない妖怪なのだ。これまでの狛夜は、手に入れた人間を慈しむように潰してきた。しかし、華だけはそんな風にしたくない。

あの路地裏で華を初めて見た時、狛夜は得も言われぬ歓喜に支配された。

それまで抱いていた次期組長になるという夢なんて、頭から消し飛んでいた。

長き年月を超えて〝彼女〟が再び逢いに来てくれた。

そして、よく謝るようになっていた。

（君も、僕を選ばなかった後悔を心に刻んでいたんだね）

そうでなければ、あの気高い妖狐が、狛夜への謝罪を口にするはずがない。

彼女が人間になっていたのには驚いた。だが、そんなのは些末なこと。

次期組長になれば、狛夜は〝彼女〟と今度こそ結ばれる。

だから、風邪なんかで死なれては困るのだ。

狛夜は、髪を布団に散らしながら体を倒し、己の額を華のものとくっ付けた。

長い睫毛を伏せて念じると、狛夜の周りに漂っていた金色のオーラが、肌を通して華に流れ込んでいく。

病を治す妖怪ではないので風邪の治療はできないが、体力の補助くらいならできる。

「こんな風に力を使うのは、君にだけだよ……」


「――はっ」

華は、パッと目蓋を開いた。

布団にもぐってから何時間が経っただろう。知恵熱のような症状が出て、浅い眠りから覚めてはまた眠るを繰り返していた。

夢うつつに、豆太郎の「人間の医者を呼びましたよ」という声を聞いた。

その後、頬や額に触れて体温を測られた感触も、ありありと残っている。

「体が軽い……。お医者さまに仮病だと思われないといいけど……」

寝乱れたパジャマを直して布団に正座していると、障子に長い影が映った。

「こんにちは。診療に来ました」

「どうぞ」

華が声をかけると戸がゆっくりと開く。

古びた白衣を着て、往診鞄を持っていた医師は、見覚えのある少年だった。

「あなたは、金槌坊さんから逃げた――」

「げっ。鬼灯組に人間がいるって聞いて来てみればあのドジな女かよ。まあ誰でもいい」

「むっ!?」

若者は華の口を手で塞ぐと、鞄から取り出したガムテープで止めた。

手と足をぐるぐる巻きにされそうになったので、体をよじって抵抗する。

「んっ、んんっ」

「大人しくしてろや!」

少年は、縛りあげた華を肩に担いで、離れから裏門へと向かった。

軽自動車の後部に放りこまれた華は、足下に転がる男性に気がついた。

かけた丸眼鏡は割れて、白髪交じりの頭から血が流れている。

(この人が、本物のお医者さまだ)

少年は、鬼灯組の屋敷に潜入するため、医者を襲って入れ替わったのだろう。

車は急発進する。運転は荒っぽく、華は何度も座席から落ちそうになった。

町をジグザグに走行してしばらく。到着したのは寂れた港の廃倉庫だった。

錆(さ)びた重機や赤い三角コーンが雑多に置いてあり、その間に、羽根扇を取りつけたバイクが六台ほど停められている。

バイクに寄りかかるのは、誘拐犯と同じ年若い少年たちだ。

全員、口元を黒いマスクで覆い、お揃いの特攻服を着ている。

背中に刺繍(ししゅう)で入れられたチーム名は『クロウエンペラー』。

誘拐犯は、華を地面に落とすと、かったるそうに白衣を脱いだ。

「連れてきたぜ。鬼灯組が大事にしてる人間」

「そのみすぼらしい女が？　人違いじゃねえ？」

「間違いねえ。コイツからは不思議な力を感じるし、コイツがいた離れに妖怪除(よ)けの護符まで貼ってたんだぜ。剥がすのに苦労した」

バラバラと撒かれるのは墨で書かれたお札だ。

渡り廊下の入り口や、小道にある庭木に貼られているのを見たことがある。狛夜が言うには、ヒラの組員が離れに押しかけてこないのは、このおかげだそうだ。

「この女を殺すと脅せば、ビビって身の代金を持ってくんだろ。これで大金せしめて、うちのチームをもっとデカくすんぞ。鴉天狗の名にかけて、カァー！」

「「カァー！」」

大きな鳴き声を合図に、特攻服の背中から黒い翼が突き出した。黒いマスクは大きなクチバシに変貌して、扇からは乾いた風がブルンブルンと噴き出す。

（クロウエンペラーも妖怪なんだ……！）

鬼灯組の組員に負けず劣らず素行が悪そうだし、一刻も早く逃げなければ。

華は、蝶の幼虫のようにモゾモゾと動いて、倉庫の出入り口を目指した。

「おい女、逃げようとしてんじゃねえぞ！」

一メートルほど進んだところで、追ってきた誘拐犯が華の背中を蹴ろうとした。

スニーカーの先が触れる瞬間、翠晶から凄まじい光と突風が放たれる。

「うわあああっ！」

飛ばされた誘拐犯は、バイクにぶつかって倒れた。

他の鴉天狗たちは、強い妖力を持った光に釘づけだ。

まずい。華は青ざめた。

史上最悪のタイミングで、妖怪の宝物を持っているとバレてしまった。

護符が剝がされているのに気づいたのは、偶然だった。

漆季は、組の金をくすねた組員の処断について組長に報告した後、蔵に戻る道すがら裂かれた札が地面に落ちているのを見つけた。

これは妖怪除けの札だ。組員が離れの客を襲わないように組長が設置させた。若頭や幹部レベルの強い妖怪にはきかないが、多くの構成員には忌避されている。

誰かが無理やり突破したのか……。

漆季は、離れのある方角に顔を向けた。

そこに住んでいるのは、葛野華という名の人間だ。

昨晩、一人で蔵にやってきたが、拷問を見るなり腰を抜かした。

小さな顔にありありと浮かんだ恐怖が、暴力と無縁に生きてきた人生を物語っていた。

お幸せなことだ。自分たちが、どれだけ妖怪を蹂躙してきたかも知らないで。

すぐ死ぬくせに小賢しい人間は、文明を発展させて山を切り開き、川をせき止めて住処を拡大した。夜通し町を明るく照らして、どんどん妖怪の居場所を奪っていった。

華だってその一端だ。だが、苛立ちをぶつけた漆季に、華は反論した。


——筋を通すより、命の方が大事じゃないでしょうか？


拷問されていた妖怪をかばったのは無意識か。

それとも、本当に、妖怪の命を惜しむ気持ちを持っているのか。

凄んで追い払った後、ぼんやりと考えたが答えは出なかった。

離れの方から異常な音は聞こえてこない。だが、わずかな鳥臭さを感じる。

カタと音を立てて、裏門の通用口から豆太郎が入ってきた。手には、最寄りの果物店の袋をさげている。

「豆。仕事ほっぽり出してどこに行ってた」

ポケットに手を入れて睨むと、豆太郎は、ひえっと震えて頭に丸い獣耳を出した。

「林檎を買いに行ってきました！　風邪で伏せっておられる華さまを治すためです！」

「そんなんで人間の風邪が治るかよ」

「えっ？　でも、兄貴は効くって言っていましたよ。人間のお医者も呼んでいます。裏門から入れるようにしておいたんですが、まだ来てませんか？」

「チッ」

舌打ちして靴のまま縁側に上がる。障子を開け放つと、中はもぬけの殻だった。

布団が渦を巻いて絡まっていて、かたわらには革の往診鞄が転がっている。

「医者モドキ、やりやがったな……」

「あれ、華さまがいない！」

豆太郎のすっとんきょうな叫びを背にして、漆季は離れの屋根に飛び乗った。

黄昏色の空を見渡すと、海の方が藤紫に染まっていた。日が長くなってきたとはいえ、夜はすぐそこだ。太陽が照らない時間は妖怪の力が強くなる。

鬼灯組の構成員は殺しを自制している。

あやかし極道という仕組みが、暴力の制御装置になっているのだ。

しかし、そうでない妖怪は、時として極道より残虐に人間を襲う。

急ぎ捜さなければ。

「鬼火（おにび）」

左腕を右から左へ払うと、漆季は妖怪の姿に変わり、空中に五つの炎が現れた。

陰陽五行に基づいて、木、火、土、金、水の力を宿した炎は漆季の言うがままに動く。

四つを東西南北に飛ばして、華を連れ去った医者モドキを探させる。

残りの一つを伴って屋根から屋根へと飛び、鳥臭さを探りながら町を移動する。

翼にこもる独特な臭いは潮の香に似ている。

海に向かうべきか、それとも鳥獣が多く棲（す）む山か……。

鉄塔の先端で足を止めると、視界の端に翠色（みどりいろ）の閃光（せんこう）が見えた。

「翠晶か」

海の方角だ。

漆季は、指笛を鳴らして散らばった鬼火を呼び戻し、一路南へ向かった。

潮の匂いに混じって鳥臭さが強くなる。臭いをたどって着いたのは寂れた倉庫だった。

天井の穴から侵入し、鉄骨の梁（はり）に膝（ひざ）をついて窺（うかが）うと、階下には華が倒れていた。

彼女に突っかかるのは、鴉天狗で構成されたクロウエンペラーだ。

鬼灯組のシマで走り屋をしている、半グレ集団である。

「コイツ、翠晶を持ってるぞ。玉璽と対だっていう妖怪の宝物だ！」

「ソレがありゃあ全国統一も夢じゃねえ。身の代金なんかどうでもいいぜ。殺してでも奪っちまえ！」

漆季は梁から飛び降りた。鞘から刀を引き抜き、華に触れようとした鴉天狗に斬りかかる。刀の重みに落下速度が加わって、攻撃された鴉天狗の頭が地面にめり込んだ。

「ガ、アアァァアア！」

断末魔は鴉そのものだ。まずは一羽。仕留めた漆季は、赤い瞳をギラつかせる。

「テメエら、誰のものに手ぇ出してやがる」

「ほ、鬼灯組の鬼夜叉だ！　やれっ！」

飛びかかってきた二羽目を蹴り飛ばし、上から鉄パイプを落とそうとしていた三羽目に刀を投げつけて落とす。と、脇からバイクが突っこんできた。

天狗の扇を取りつけて違法改造してあり、速度も馬力も桁違い。

だからこそ、最強と謳われる鬼夜叉に一発入れられたのだ。

攻撃が上手くいった四羽目は顔を輝かせる。

「やった！」

「やれてねえんだよ」

漆季は、両足を踏みしめ、体でバイクを受け止めていた。

四羽目を頭突きで昏倒させ、エンジンを噴かして様子見していた五羽目に突撃させる。

倉庫内を見回すと、六羽目が及び腰で出ていこうとしていた。

「――おい」

真後ろに着地する。相手は腰を抜かして後ずさった。

「ちちち、違うんです。ソイツらが勝手にやったんです！」

軽々しく仲間を売る態度に、漆季は苛立つ。

「仲間に命かけられねえくせに、チーム名乗ってんじゃねえ！」

鬼火が運んできた刀を、命乞いする頭に叩き下ろす。首が体にめりこんだ六羽目は、その場にひっくり返った。

クロウエンペラーを壊滅させた漆季は、長い息を吐いた。

弱いくせに口ばかり達者な連中を叩きのめしても腹の虫は治まらない。

体にまとわりつく鬼火を払いのけて、華に近づく。

彼女は、大きな瞳にあふれんばかりの涙を溜めていた。

手荒にガムテープを剝がしてやると、震える声で話しかけてくる。

「あの……怪我は、大丈夫、ですか……」

「あ？」

体を見下ろせば、腹の辺りから血が染みている。

バイクで突っ込まれた時に切れたようだ。

華に視線を戻すと、青を通り越した白い顔で、漆季の傷を見つめている。

なんなんだ、コイツ。

誘拐されて殺されそうになって、息も絶え絶えで心配するのが、妖怪の怪我なのか。

「……来い」

釈然としない心持ちで華の手を引き倉庫を出る。

そこに朧車（おぼろぐるま）がやってきて、牛車（ぎっしゃ）の中から豆狸が飛び出した。

「華さま、ご無事ですか！」

「うん。迎えに来てくれてありがとう、豆ちゃん」

てらいなく妖怪に頬をすり寄せる華を見て、漆季の機嫌は一層悪くなった。

駐車場で朧車を降りた華は、豆太郎を抱えて鬼灯組の屋敷へ戻った。

「華、無事だったかい！」

門の外に立って待っていた狛夜が、腕を伸ばして抱きしめてくる。

「誘拐されて怖かったろう。怪我は？」

「ありません。助けに来てくださった鬼さんの方が怪我をして――」

後ろから歩いてきた漆季は、華と狛夜を追い越して母屋の奥へ消えていった。

「怒ってらっしゃるのでしょうか？」

「漆季は誰に対してもあんな感じだよ。組長には異様に懐いているが、組員からは畏怖される存在でね。冷酷無慈悲な始末役とは、誰も好き好んで仲良くしないさ」

妖怪でありながら、組員とは一線を画した鬼夜叉。

最強の名の通り、六羽もいたクロウエンペラーをたった独りで壊滅させてしまった。

（でも、わたしには暴力を振るわなかった）

あっさり誘拐された華に憤りだってあったろうに、漆季は帰りの朧車で一言もしゃべらずに、目を閉じて腕を組んでいた。

眠っているのかと思って、きちんとお礼を言えなかったのが心残りだ。

俯くと、血の痕が点々と母屋に続いていて、華ははっとした。

（こんなに血が出て……重傷なのを隠してたの？）

華を助け出すために、これだけの怪我をしておいて、漆季は八つ当たり一つしない。

狛夜も、豆太郎もそうだ。うかつだった華を責めずに、心から心配してくれる。

（妖怪も、極道も、怖くてたまらない）

けれど、華の身の上を心配してくれるのは、あやかし極道だけだ。

人とは違うその温かさを、華はわずかに感じ始めていた。

(怯(おび)えていても何にも変わらないなら、いい加減、ここで生きる覚悟を決めなきゃ)

「鬼さんを手当てしてきます。豆ちゃん、救急箱を持ってきて!」

駆け足で母屋に入った華は、血の痕を頼りに欅(けやき)張りの廊下を進んだ。

カブトガニの剝製(はくせい)が飾られた柱を曲がると、廊下と部屋を隔てている襖(ふすま)がすべて倒れ、逃げ遅れた組員が座敷の隅で怯えていた。

風通しの良くなった大広間に、漆季は片膝を立てて座っている。

刀を支えに俯いているので表情は見えないが、ゼエゼエと苦しそうに肩が上下する。

「鬼さん!」

華は、座敷に踏み入って土下座した。

「先ほどはありがとうございました。お詫(わ)びに、怪我の手当てをさせてください!」

「必、要ない……」

短く答えた漆季の着物から、ぽたりと血が畳に落ちた。

出血の量が多く、体の下には血だまりができている。

こんなに酷(ひど)い怪我をしていたのに、ずっと我慢していたなんて。

「このままだと死んでしまいます。だから手当てを」

「いらねえっつってんだろ！」

顔を上げた漆季は、思いがけず近くにいた華に驚いた。彼女は、刀のかたわらに寄り添うように膝を折り、榛色の眼でじっと漆季を見つめている。

「わたし、誰にも死んでほしくないんです。じっとしていてください」

白魚のように細い指先が、漆季の着物の合わせを解く。

衿をくつろげ、袖から腕を抜き、肌をさらさせていきながら、華は小刻みに震えていた。

この娘は怖いのだ。妖怪も、極道も――漆季のことも。

それなのに、なぜ手当てなどする。

漆季は混乱した。華は、今まで出会った人間とは何かが違う。

おっとりしていて怖がりなのに、体の奥に、譲れない信念が一本通っている。

「華さま、これをお使いください」

人形に戻った豆太郎と玉三郎が、救急箱と水を張ったタライ、手ぬぐいを持ってきた。

「ありがとう。妖怪の手当ての仕方を教えてくれる？」

「おいらが教えてやるよ！　華にだけ特別にな！」

得意げな玉三郎の説明を、華は熱心に聞いている。

漆季は、顔を横に向けてぼそりと呟（つぶや）く。

「……どうかしてる」

華は、教えられた通りに、濡（ぬ）らした手ぬぐいで傷口にこびりついた血をぬぐい、河童（かっぱ）印のパッケージに入った軟膏（なんこう）を塗る。

妖怪の傷には、この妙薬が良く効くらしい。

流血があっという間に止まったので、傷にガーゼを当てて胴に包帯を巻いていく。

その間、漆季は黙って、懸命に手当てする華を見つめていた。

物陰から様子を見ていた組員たちは、信じられないといった顔つきで言う。

「あの鬼夜叉が手当てされてるぞ」

「しかも人間からだぜ」

「明日は雪が降るに違（ちげ）えねえ！」

それらを遠くから眺める狛夜は、青い瞳を冷たく光らせた。

「目を離さないようにしないとね……」

第四章　任侠は沈丁花の香り

六月になると、鬼灯組の屋敷がある関東にも梅雨入りが発表された。

しとしとぴちゃんと降る雨音を聞きながら、華は大広間で正座している。

隣には狛夜が座り、背後には鬼灯組の構成員がずらりと顔を揃えていた。最後尾には水干の子らも控えていて、綺麗な若草色がお行儀よく一列に並んでいる。

上座で、『鬼燈照国』という鬼灯組の真髄が書かれた掛け軸を背に座っているのは組長だ。直参である漆季は、鬼灯丸と共に襖の近くに控えていた。

「これより、第三千六百三十七回の定例会をはじめる」

組長が威厳ある声で呼びかけると、狛夜が一礼して口を開いた。

「恐れながら申し上げます。玉璽を盗んだ犯人は未だ見つかっておりません。シマの住民からの情報提供が乏しいため、警察に密偵を送り込んで報告を上げさせましたが、これまで検問に引っかかった妖怪は、飲酒運転が九件、免許証不携帯が七件。すべて犯行当夜にアリバイがありました。他に妖怪が関与していそうな事件は、廃墟ビルで騒いでいる若者がいるという通報で現場に向かった警官が一名、行方不明になっている件くらいです」

「ほぼ手がかりはない、ということだな」

悩ましげに首を回した組長は、緊張で体を硬くしていた華に視線を移した。

「嬢ちゃん、翠晶の首尾はどうだ。玉璽への筋道が見えたりはせんか？」

「も、申し訳ありません。幾度となく呼びかけてみてはいるのですが……」

「反応はないか。だが、シマ一帯に張った結界が破られた気配はない。玉璽は近くにあるはずだ。全構成員、一丸となって捜索に当たれ！」

「あの、組長！」

金槌坊が意気込んだ表情で立ち上がった。

「おれら、その女の特別扱いに納得できません！　玉璽捜しもできない、ただの役立たずじゃねえっすか。いくら安倍晴明の子孫で翠晶の持ち主だからってついていけねえ。ソイツと結婚させられる次期組長も不憫っす。だって〝あやかしの婚姻〟をするんすよ⁉」

大広間がシンと静まった。

漆季は眉間に皺を寄せて目を伏せ、狛夜は取り出した扇で口元を覆っている。

（あやかしの婚姻？）

きょとんとする華に、金槌坊はツバを飛ばして怒鳴った。

「腑抜けた顔してんじゃねえぞ！　お前は他人事だろうが、おれらは必死なんだよ！　翠晶があれば、玉璽を盗んだ犯人を見つけて組長を助けられると思ったのに、それすらできてねえじゃねえか!!」

「すみません……」

華は、謝ることしかできなかった。

いつまで経っても玉璽を捜し出せない華に、組員はだいぶ憤りを膨らませている。

沈んでしまった華を一瞥して、組長は置いてあった錫杖を取り上げた。

「儂に意見することは許さん。葛野家の人間は、これまで通り離れで保護する。これにて定例会はしまいだ！」

「「はっ」」

狛夜と漆季、若い衆、水干姿の部屋住みまでが一斉に低頭した。

ザザザッと波が広がるように頭が下がる光景に、華は圧倒される。

形式的な義務ではなく、真心を込めた極道の一礼には、いさぎよい迫力があった。

組長が鬼灯丸に付き添われて大広間を出て、漆季も後に続いていくと、張りつめていた空気が緩んだ。

ほっとする華を、扇子を畳んだ狛夜が労ってくれる。

「お疲れ様、華。離れまで送っていくよ」

「ありがとうございます。あの……玉璽の在りかを見つけられなくて申し訳ありません」

「謝らなくていいんだよ。人間が扱うのは難しい品だと、組長はご存じだからね」

大広間に戻ってきた漆季は、紳士ぶって華の背に手を当てた狛夜を睨みつける。

「スカしてんじゃねえぞ、狐野郎」

「自分ができないからって負け惜しみは醜いよ」

「チッ」

喧嘩ではなく舌打ち程度で済んだのは、まだ漆季が本調子ではないからだ。

「鬼さん。今日も手当てに行きますから」

「…………」

漆季は黙って背中を向けた。彼なりの相槌に、華の心が揺れた。


誘拐事件の後から、華は連日のように蔵を訪れていた。

「これで大丈夫ですよ」

漆季の傷に薬を塗って包帯を巻く。切り傷は塞がっていたが、実は肋骨が数本折れていて、完治まではもう少しかかりそうだ。

手当てが終わると、漆季は背中を向けて黒いタンクトップと羽織を着る。救急箱を片付けながら、彼の背中に彫られた刺青をこっそり観察するのが、最近の華のマイブームだ。

目をカッと開いた鬼の意匠は、金剛力士像に並びたつ迫力がある。筋彫りの力強さとボカシの濃淡が、大胆ながら繊細という日本画のような美を生み出していた。

刺青、古傷、柄の悪い服装。漆季の装いは、一目で極道だと分かりやすい。

だが、似つかわしくないものもある。

部屋に漂う沈丁花の香りだ。香水のようにクドくなく、線香のように臭くない香りの元は、漆季がいつも吸っている煙草である。

今日も一服し始めてしまったので、華と二人きりでも会話がない。

(何か会話の糸口になるもの、ないかな?)

居住空間である蔵の二階には、古めかしい調度品が並ぶ。和簞笥や漆塗りの衣桁、火鉢が置かれ、格子のはまった窓の下には緋毛氈が敷かれている。

脱ぎ落とされた色鮮やかな打掛は、漆季が先ほどまで被っていたものだ。

彼は布団で眠らない。いつでも出動できるように、壁にもたれかかり、打掛を羽織って仮眠する。

気まぐれに転がる駒やビー玉、紙風船は鬼火が遊ぶものである。

「あ！」

そういえば一つ気になるものがあった。部屋の片隅にあるブラウン管のテレビだ。

ミカン箱を縦にしたような形で、映像が映る画面はカーブしている。下の方には長方形の穴が開いており、正体不明のオーパーツみたいに華の好奇心をあおった。

「あの、鬼さん。あそこにあるテレビって今も映るんですか？」

「……気になるのか」

「はい」

煙草をくわえた漆季は、テレビの前にしゃがんでスイッチを押した。

映ったのは画面いっぱいの砂嵐だ。華は苦笑を漏らした。

「壊れていますね……」

「ふざけんな、現役だ。これはこっちのためにある」

開かれたテレビ台の中には、ビデオテープがぎっしりと並べられていた。

タイトルには、『仁義』『博打（ばくち）』『極道』といったおどろおどろしい単語が並ぶ。

パッケージを手に取ると、険しい顔つきの男性が短刀を額にかざしていたり、着物姿の女性たちがこちらを睨（にら）みつけていたりして、見ているだけで恐ろしい。

「すべて任侠（にんきょう）映画なんですね。鬼さんがこういうのをお好きだとは意外です」

「別に。人間の極道について知るために集めた、それだけだ」

漆季はつれなく言うけれど、テープにはかなり年季が入っている。

彼が興味を持って何度も再生した証だ。

「わたしも見ていいでしょうか？　極道のことを知りたいと思っていたんですが、教えてくれる人がいなくて」

ただでさえ忙しい豆太郎を質問攻めにするのは可哀想だ。かといって、組長や狛夜に尋ねるのも気がひけて、華は悶々と過ごしてきた。

真剣に頼みこむ華を、漆季は半分閉じた眼で見返す。

「そうまでして極道を知ってどうする」

嫌がって逃亡しようとしていたのに。侮蔑の視線を送られた華は、眉を下げて俯いた。

「自分の役目に向き合いたいと思っています。わたしがいつまでもこんな風だから、金槌坊さんや他の組員さんたちに煙たがられているって分かっているんです」

定例会で上がった抗議に、華は反論できなかった。

人間社会の爪弾き者は、あやかし極道でもやっぱり役立たずだと実感した。

「わたしは、まだ翠晶を上手く扱えません。だから、せめて極道に詳しくなって、少しでも皆さんを苛立たせないようになりたいです」

「……見たければ勝手にしろ」

立ち上がった漆季は、リモコンをぽいっと投げてよこした。

「ただし、ここで見たことは誰にも言うな」

「ありがとうございます！」

仮眠をとる漆季のそばで、華はタイトルだけは聞いたことのある任侠映画のビデオを、テレビの穴に入れて再生した。

組同士の抗争劇がメインで、ドスのきいた台詞で脅し合ったり血が噴出したりするたびに叫びそうになったが、初めて知ることが多くて興味深い。

（たしかに怖いけど……面白いかも）

この日から、ビデオを一本見てから離れに戻るのが、華の習慣になった。

蔵の扉を開けた華は、暗い雲を見上げる。

「来る時は晴れてたのに」

空は曇り、霧雨が降っていた。傘を持っていないので駆け足で庭を突っ切ると、紫陽花の茂みのそばに、緋色（ひいろ）の番傘を開いた狛夜が立っていた。

「やあ、華。今日も漆季のところに行っていたんだね。ずいぶん長く蔵にいたようだけれど、何をしていたのかな？」

「なっ、何もしてません。少々お話ししていただけです」

任侠映画を鑑賞しているのは、漆季と二人だけの秘密だ。

後ろめたそうに視線をそらす華にむっとして、狛夜は傘から手を離した。

「本当に、それだけ？」

白く長い指が、しっとり濡（ぬ）れた華の髪を一房、持ち上げる。

「漆季の香りがする……。少し話をしていたくらいでは、ここまで匂いは移らないよ。本当は何をしているの？」

「本当に何もしていないんです。匂いが移ったのは、手当てに時間がかかって長居しちゃったせいだと思います。わたし、鈍くさいから」

そう言って笑みを浮かべ、なんとか誤魔化そうとする。

狛夜は、心配そうな顔つきのまま髪から手を離した。

「それならいいけれど……。何かあったら僕に言うんだよ？」

「はい。でも、心配はいらないですよ。むしろ鬼さんは、わたしが組員さんに認めてもらえるようにアドバイスをしてくれるんです」

映画のおかげで、華は極道が義理とメンツの世界だと知った。

玉璽を盗まれ、組長に呪詛をかけられた鬼灯組は、いわば顔に泥を塗られた状態だ。

血眼で犯人を捜しているのは、やられっぱなしでは、あやかし極道としてのプライドが許さないからである。

何より組長を助けたい。そうできなくてもせめて報いたいという気持ちで動いている。

そんな鬼灯組にとって、翠晶を持つ華は救世主になるはずだった。

人間を快く思わない構成員も期待しただろう。これで犯人を突き止められる、と。

しかし蓋を開けてみれば、華は無力な居候。名家の血を引いていても、脆弱な人間でしかなかった。がっかりされるのは当然だ。

「わたし、皆さんの役に立ちたいんです。温かくて美味しいご飯や綺麗な服なんて本当に久しぶりで……。それにここにいると、いつもどこかで怒鳴り声や暴れる音がして、少しも寂しくならないです」

祖母を亡くして独りぼっちになった華は、かなり貧しい生活を送っていた。時間もお金もないので食費は切り詰めて、服は何年も同じものを着回して、やっと生きてきた。

そのせいで虐められやすかったのだが、そうせざるを得なかったのだから仕方がない。

祖母と暮らしていた部屋を出て、さらに家賃が安いアパートを選んだのも、外国人が多くて賑やかだからというのが一番の決め手だった。

そうやって華は、寂しさを紛らわせてきたのだ。

けれど、鬼灯組にいると、両親や祖母がいた頃の温かな家庭を思い出す。

あの頃のような無償の愛は与えられないけれど、それでも華がもう二度と手に入れられないと思っていた日常が、ここにはある。

形だけ見れば、ここは華が生きてきた、どんな場所より居心地がいい場所だった。

「わたし、鬼灯組に感謝しています。心から」

紫陽花に負けない可憐な笑みを浮かべる華に、狛夜は、ふと過去の面影を重ねた。

白く丸い頬に、意思の強い榛色の瞳、花びらのような唇――。

「葛の葉……」

うかつに呟いた口を押さえる。聞きつけた華は首を傾げた。

「葛野は、わたしの苗字ですけど」

「いや。葛の葉というのは、大昔の……知り合いの名前なんだ。僕は宇迦之御魂大神――俗に言う稲荷神のお使いをしていて、葛の葉は同じ役目を司っていた」

お使いとはつまり、宇迦之御魂大神に神使として仕えていたということ。

氏神の狛犬なども同じ役目をしている。

「とても愛らしい狐でね。大神の元で睦まじく過ごしていたが、葛の葉はある日、人間の男と恋に落ちて神使を辞めてしまった。その男の名は、保名。二人は後に陰陽師となる安倍晴明をもうけた」

「安倍晴明のお母さんなんですか！　ということは、わたしのご先祖様？」

「そうだね。大神は、葛の葉の結婚祝いに翠晶と玉璽を与えた。それはそのまま晴明の手に渡ったと聞いているよ。子孫だからかな。華が笑うと昔懐かしい気持ちになる」

雲の合間から降りてきた陽光に、紫陽花と狛夜が照らされた。

水色や淡い紫に色づいた花々は、雨露によって儚げにぼやける。

しかし、懐かしそうに微笑む狛夜の前では、花の美しさなど路傍の石だ。

「狛夜さんは、葛の葉さんに恋をしていらしたんですか？」

「もう、過去なんてどうでもよくなったよ」

狛夜は、地面に落ちた番傘を拾い上げた。

「漆季と仲良くなるのは止めた方がいい。アレは安倍晴明に対して、僕よりもずっと残酷な因縁を持っているからね」

「因縁……」

さらりと告げられた言葉は、着物に落ちた雨粒のように、華の心に沁みていった。

「すごく面白かったです！」

服役中の夫の代わりに極道一家を率いる女性が抗争に巻き込まれていく映画を見終えた華は、テレビに向かって拍手した。

それを横目にした漆季は「ガキか」とこぼす。

最近の彼は、手当てが終わっても仮眠をとらず、一緒にビデオ鑑賞してくれる。

羽織を脱いでいるのは暑いからだ。

六月も下旬。確実に夏は近づいていた。

「今でこんなに暑いと真夏は大変ですね」

「夏はかえって涼しい。土蔵は内戸と外戸を閉め切ると気温が変わらない」

ぶっきらぼうな口調に刺はない。少しずつではあるが華に心を開いてくれている。

仲良くなれてほっとしていたら、キイと蝶番が動く音がした。一階に誰か来たようだ。

「静かにしてろ」

警戒しつつ階段の隙間に目を当てた漆季は、ぱっと表情を明るくした。

「親父！」

漆季がそう呼ぶのは、鬼灯組の組長だけ。

定例会の後から、また深い眠りについていたが目を覚ましたようだ。

一階に駆け下りて片膝ついた漆季を、組長は着物の袖に手を突っ込んだままねぎらった。

「お勤めご苦労。嬢ちゃん救出の怪我が長引いておると聞いてな。予後はどうだ」

「もうほとんど治ってます。親父に迷惑はかけないようにしますんで」

「なあに気にするな。お主にはいつも難儀をかけておる。いい機会と思うて、しばらく休むがよい。嬢ちゃんもここにいるな」

「は、はい！」

華も下りていくと、組長は、鬼灯丸に運ばせていた笹包みを持ち上げた。

「見舞いの団子だ。二人で食べよ」

団子を手渡して、組長と鬼灯丸は去って行った。

その姿が見えなくなるまで、漆季は蔵の外で頭を下げ続けた。

献身的に尽くす姿勢からは、人間の親子より強い繋がりを感じる。

「鬼さんは、組長さんの実の息子ではないんですよね？」

二階に戻った華は、鬼火に沸かしてもらったお湯で緑茶を淹れた。

笹包みには、みたらし、餡子、よもぎの団子が二本ずつ入っている。

漆季は、よもぎの串を一本取ると、残りを華の方に押し出した。

「違う。親父と俺は妖怪の種こそ異なるが、俺が鬼灯組に入る時、親子盃を交わしている。盃の酒を飲み干した瞬間から、あの人は俺の親だ」

「盃の誓いですね。映画で見ました」

極道では盃を用いて関係を繋ぐ儀式がある。親子関係を結んだり、兄弟になったり、手打ちといって問題事を収めるために行ったり、色々だ。

「親父には俺から盃を求めた。あの妖怪に付き従いたいと、心底思う出来事があった……」

組長が顔を見せたのがよほど嬉しかったのか、今日の漆季は珍しく饒舌で、そのまま華に昔話を聞かせてくれた。

平安時代、漆季は道摩法師という陰陽師の使鬼だった。当時はまだ名前もなく、命令に従って主君を守り、敵を攻撃するだけの存在だったという。

「主君には好敵手がいた。安倍晴明という大陰陽師だ」

「あっ、べのせいめい!?」

華は驚いて、串を落としそうになった。

自分の先祖が、目の前の妖怪と対立していたなんて夢にも思わなかったのだ。

（もしかして、狛夜さんが言っていた因縁って、これのこと……？）

その子孫である華は、自分も恨まれているのではとハラハラした。

動揺したのが気に触ったらしく、漆季の表情が険しくなる。

「ああ、テメエの先祖だ。本当に嫌な奴だった。妖力（ようりょく）を自在に操る術を心得て、時の権力者に取り入り、妖怪たちと暮らしていた主君を都の外へ追いやったんだ。そして、使鬼だった俺を横取りしようとしてきた」

荒々しく団子を噛（か）み千切る仕草には、当時の苛立（いらだ）ちが垣間見（かいまみ）える。

「主君は俺を守るため、里の井戸に封じた。不本意だった。主君や同胞が戦っているのにどうして俺だけ留守番なんだと。必死に抵抗して、ついに封印をこじ開けたが、主君たちは安倍晴明に退治された後だった」

「そんな……」

自分を守るために、大切な主（あるじ）や友が全滅した。

彼らの亡骸（なきがら）と対面した漆季の絶望を想像すると、胸がじくりと痛くなる。

華が泣き出したので、漆季はぎょっとした。

「お前が泣くことじゃねえ」

「はい……。ただ、思い出してしまって。お父さんとお母さんを亡くして一人残された時のことを……」

両親に愛されていた頃、華の心には色とりどりの花が咲いていた。喜びであったり、嬉しさであったり、優しさといった感情が光となって、心という大地を照らしていたのだ。

だが、病院の霊安室で二人の亡骸と対面した瞬間に、花は枯れた。

闇に閉ざされた心には、寂しく冷たい風が吹きすさび、荒涼とした大地はひび割れた。

祖母の優しさのおかげで、いくつかの種は芽吹いたけれど、未だに蕾はつかない。

この世に一人残されるとは、そういうことなのだ。

漆季をそんな目に遭わせたのが自分の先祖だと思うと、酷くやるせなかった。

華がぐしぐし泣いていると、漆季は重たい息を一つ吐いた。

「別に、お前に恨みなんかねえ。安倍晴明は許さないがな」

そう言ってくれる漆季の優しさが心に沁みて、華の胸はほわっと温かくなる。

「……親父と出会ったのはその後だ。恩に報いるためなら俺はどんな汚れ仕事でもやる。もう仲間なんかいらねえ。独りで生きて、独りで恨まれて、独りで死ぬ……それでいい」

「ダメです。そんなの、ずっと寂しいままじゃないですか！」

指についた涙を振り落として、華は漆季の手を握った。

「仲間を作ってもいいんですよ。今度は、それを守れるくらい強くなれば」

寂しさを埋めてくれるのは自分ではない誰かだ。

死別の悲しみを味わった者同士として、華は漆季の幸せを願わずにはいられなかった。

「わたし、祈ります。鬼さんに、いつか大切な誰かができますように、って」

目を閉じて祈っていると、漆季は根負けして手を引き抜いた。

「俺もどうかしてる……」

空いた手に握らされたのは、小さな香袋だった。

紅（あか）と黄色の縮緬（ちりめん）を組み合わせて、鬼灯（ほおずき）の実を形作っている。

中からふわりと薫ってきたのは沈丁花の香りだ。

「これは……？」

「血の匂いを消す沈丁花の花びらが入っている。俺は煙草にしているが、お前は吸えないだろうから、そのまま入れておいた。……手当ての礼だ」

そう言って、漆季はふいっと横を向いた。感激した華は、香袋を胸に抱きしめる。

「ありがとうございます！　大切にしまっておきます」

「あ？　せっかくやったんだから使え。鬼灯組で無事に生き延びてえなら殺しを覚えろ。血の匂いはそれで誤魔化せる」

「こっ、殺しは抜きでお願いします」

「舐めたこと言ってると、本当に死ぬぞ」

「うぅ……。何とかならないでしょうか？」

「知るか。映画でお勉強すりゃいいだろ」

「そうでした！」

団子をくわえて熱心にビデオを物色する華を、漆季は、親鳥が雛にするように見守ったのだった。

任侠映画で一通りの知識を吸収した華は、実践に入ることにした。

翠晶を扱えるようになるまでは、組員たちに認めてもらうための努力をしよう。

そう意気込んで、母屋の厨房に入る。

「お忙しいところ申し訳ありません。わたしにお手伝いできることはありませんか？」

すると、昼餉の支度をしていた鍋や菜箸、竈といった付喪神がピタッと止まった。

出刃包丁なんて、いきなりの闖入者にびっくりして水瓶の後ろに隠れてしまう。

「いけませんよ、華さま。厨房番を驚かせては」

水刺しを持ってきた豆太郎に注意された華は、「ごめんね」と素直に謝った。

「組員さんとコミュニケーションが取れればと思ったんだけど……。豆ちゃん、お手伝いはいらない？」

「お手伝いですか……そういえば、玉三郎（たまさぶろう）が困っていましたね。兄貴からスマホを支給されたけれど、使い方がよく分からないって」

ガラケーからスマホに機種変更した高齢者みたいな悩みに、華は笑ってしまった。

豆太郎は、ただでさえ丸い頬をぷっくり膨らませて怒る。

「笑い事ではありません。妖怪はいつの時代も人間の技術革新に翻弄（ほんろう）されているんです。携帯電話もLED電球もATMも、ほんの百年前は影も形もなかったんですよ！」

百年前というと大正時代。ようやく電話や電球が普及し始めた頃だ。

「必要ないなら、無理に使わなくてもいいと思うけど」

「その時代の製品が使えないと人間なのか怪しまれてしまいます。定期的に勉強会を開いているのですが、講師も妖怪なので間違った知識を教えていることが多いんです」

これだ！　と思い、華は目を輝かせた。

「じゃあ、わたしにお手伝いさせてもらえる？」

華は豆太郎と一緒に大広間に向かった。座敷では、水干を着た子らが車座に集まって、防犯ブザーの付いたキッズスマホをいじっている。

　玉三郎は、針みたいな髪を揺らして操作に手こずっていた。

「うーん、わけわかんねえ〜」

「玉ちゃん。何に困っているの？」

　顔を出した華に他の子らは困惑したが、玉三郎は慣れた様子で画面を見せる。

「スタンプってどうやって送るんだっけ？」

「ちょっと借りていいかな」

　スマホを借りて実践すると、他の子たちも興味津々で覗き込んできた。

　食いつきが良かったので、華はこれ幸いと申し出る。

「よかったら一から教えようか？　わたし、コールセンターで携帯電話についての問い合わせに答える仕事をしていたの。業務の七割はクレーム処理だったけど、一通りのマニュアルは頭に入ってるんだ」

　華のスマホ使い方講座は好評を博した。二回、三回と催すうちに、評判を聞きつけた若い衆も参加するようになり、車座に座るのは難しくなる。

　そこで華は、大勢が講座を受けられるように場を整えることにした。

　物置にあったホワイトボードを引っ張り出し、宴会用の折り畳みテーブルを広げる。

イメージは寺子屋だ。

「――こうすると、相手に留守番メッセージを残せます。かけ直してほしい時や別の手段で連絡を取りたい時は、一言残しておくとスムーズですので活用しましょう。人間相手には『すみません』とか『お手数をおかけして申し訳ありません』といった謝罪の言葉を入れておくと、円滑にコミュニケーションが取れますよ」

見本のスマホを手にした華の説明を、組員はメモを片手に聞いている。

一同が静かになって二十分と少し。そろそろ集中力が途切れる頃だ。

「お茶の時間なので、今日はここまでにしましょうか」

「「「ありがとうございました」」」

野太い声をあげて組員たちは頭を下げた。

こうしてお礼を言われると気分がいいものだ。

華が満ち足りた気持ちで廊下に出ると、壁に背中をつけた狛夜がいた。

「お疲れさま。若い衆を世話してくれてありがとう」

「こちらこそお礼を言いたいです。組員さんが熱心だから楽しく講座をやれていますし、ほんの少しだけですが仲良くもなれました」

講座をきっかけに、組員たちは華を邪険にしなくなった。母屋を歩いていても絡まれたり睨まれたりしない。それどころか軽い挨拶をしてくれる妖怪までいる。

コミュニケーション作戦は大成功で、華はほっとしていた。

「……あまり仲良くなられても困るんだけどな」

「え？」

冷たい目で呟いた狛夜は、すぐに柔らかい雰囲気になった。

「講座のおかげで、組員同士の連絡がスムーズになったよ。お礼に、僕から華へ何かプレゼントをしようと思うんだけど――」

「てえへんだっ！　てえへんだっ！」

丸いサングラスをかけたスーツ姿の狒狒が、慌てた様子で廊下を走ってきた。

「どうした？」

「へえ、若頭。金槌坊を連れて、潰れたタピオカ店の債権回収に行ってたんです。やっこさん、どうしても払えねえって言うもんだから、鬼灯組の名前を出して脅したんで。そしたらサツを呼ばれちまいまして」

「どうしてそんな真似を……。暴対法が厳しくなったから組の名前は出すなと、口を酸っぱくして教えたはずだ」

額に手を当ててがっかりする狛夜に、狒狒はサングラスを取って頭を下げる。

「すんません、つい熱くなっちまいました！　逃げ遅れた金槌坊は、あれよあれよという間に交番に連れてかれちまったんで。若頭、何とかしてやれねえでしょうか」

「ボロを出して本性を知られると厄介だ。金で雇った人間を身元引受人として送り込むしかないな。借金で首が回らなくなっている人間のリストを持ってこい。それから――」

「あの！」

華が話に割り込んだので、存在を忘れていた狛夜と狒狒は驚いた。

「よろしければ、わたしが身元引受人になります」

役に立つチャンスだと意気込んだが、狛夜は首を横に振る。

「華を巻き込むわけにはいかないよ」

「ですが、関係のない人間を雇うよりも、わたしの方が上手（うま）く誤魔化せると思うんです」

「それはいい考えだな。嬢ちゃん」

廊下の奥から錫杖（しゃくじょう）をついた組長が現れた。

散歩の予定でもあったのか、鬼灯丸の紙垂（しで）にはリードが付けられている。

狛夜と狒狒は、廊下の脇によって頭を下げた。

「鬼灯組のために自分からタマ（命）かけてくれるとは粋だ。ぜひ頼む」

「かしこまりました。それでは、出掛ける支度を――」

息巻いて離れに戻ろうとする華を、狛夜が腕に囲って止めた。

「本気で行かせるつもりですか……」

狛夜は、なぜか漆季みたいに怖い顔をしていた。

組員であれば絶対に敬うべき組長に反抗するなんて、若頭の彼らしくない。

「彼女に何かあったらどうされます。どこで翠晶を狙う妖怪に襲われるか分かりませんし、もしも金槌坊が妖怪だと露見すれば彼女も拘束されるのですよ。金で後のない人間を雇って、いざという時は舌でも噛ませる。うちはいつもそうやって来たでしょう」

「鉄砲玉が必要な時はそうするが、今回は別物だ。嬢ちゃんが組に忠義を誓えるか、一度この目で見ておかねばと思っていた。ちょうどいい機会だろう。言い出したからには何か秘策があるんだろうな」

悪い顔をした組長に、華はおずおずと答えた。

「秘策と呼べるかは分かりませんが……。わたしが考えているのは、名づけて〝孫娘泣き落とし作戦〟です」


鬼灯組の屋敷から町一つ分離れた路地にある交番の、『特別警戒実施中』のタペストリーがかけられた部屋で、パイプ椅子に座らされた金槌坊はメソメソと泣いていた。

「言い間違ったんです。おれぁ暴力団の人間じゃないんですよ。勘弁してください」

「勘弁もなにも君、ソッチ系の人にしか見えないんだよねえ」

調書をとる警官は、ボールペンの先を机にコンコンとつく。

「正直に言いなさい。タピオカ店の出店に援助して、その見返りに組が金銭を受け取っていたと。そうすれば、君は書類送検ぐらいで済むから」

「しっかり逮捕されてんじゃねえか！　誰が認めるかそんなもん！」

金槌坊は、ほつれたリーゼントを揺らして立ち上がり、机に片足をのせた。

「おれぁ組に面倒かけるなんざ死んでもごめんだー、んん!?」

足を肘打ちで払われ、倒れたところをうつ伏せで取り押さえられる。

「はい、公務執行妨害で逮捕！　時間は――」

「ワン！」

金槌坊に手錠がかけられる寸前、交番に大型犬が飛びこんできた。

もふもふの毛並みは淡い橙色で、耳の内側や口、お腹が雪のように白いハチワレ模様だ。

犬は人懐っこく、尻尾をふりながら警官の顔を舐める。

「なな、なんだね、君は」

「わたしの愛犬です！」

息を乱して交番に入ってきたのは華だった。

艶（つや）めいた黒地に色とりどりの四季草花が描かれた訪問着に、茜色（あかねいろ）の名古屋（なごや）帯を締めて、髪は上部だけ櫛（くし）でとめて下ろしたお嬢様スタイルだ。

警官は、突如として現れた和服姿の女性に驚いて呆（ほう）けている。

（めかし込んできて正解だったみたい）

権力者に話を聞いてもらうためには、無意識に自分より格上だと思わせる必要がある。

狛夜の勧めで、華は着こなす自信がなくて避けてきた派手めの着物と帯を選んだのだ。

「おい、テメエ何しに来——」

「我が家の使用人が、こちらのお世話になっていると聞いて迎えに参りました。こら、鬼灯丸。お巡りさんが困ってらっしゃるわ。おやめなさい」

「クゥン……」

金槌坊が突っかかってこようとするのを遮って、華は話の主導権を握った。

鬼灯丸が華の後ろに下がると、警官は、よれた服を直しながら椅子に座る。

「貴女（あなた）、この金井槌坊（かないつちお）さんのご家族ね。お家（うち）が何をやっているかについて詳しく聞きたいので、身分証を——」

「その前に」

華は、流れるような仕草で土間に膝をつくと、両手を揃えて土下座した。

「このたびは申し訳ありませんでした!!」

「「えええ――――!?」」

警官と金槌坊の声が重なった。暴れた金槌坊が開き直っているのに、何の罪もない華が謝りだしたので、警官は中腰でなだめてくる。

「こっちはお話が聞きたいだけなのね。貴女には何の罪もないので、頭を下げなくてもいいんだよ?」

「家族がご迷惑をおかけしたら自分がやったも同じです。槌坊は、隠居している祖父の代わりに貸したお金を返してもらおうとしただけなんです。誤解されるような真似をして申し訳ありませんでした。ここは穏便に解放していただけないでしょうか?」

「それは難しいんだよね。君のおじいちゃん、鬼灯組っていう暴力団の親玉だよね。組の名前を出して金銭を集めるような行為は違法だと分かっているかな」

「うちはHOZUKIグループの本家であって、暴力団なんかじゃありません!」

華は、指を引っ込めた袖を目元に当てて、およよと泣き真似をした。

「名前が似ているから、よく間違えられて困っているんです……。祖父は、居場所のない子たちを積極的に雇っているので従業員に見えづらいかもしれませんが、みんなラブ&ピースな精神の持ち主で、お互いに『お疲れ様』のスタンプを送り合うくらい仲良しなんですよ。ねえ、鬼灯丸？」

「ワン！」

鬼灯丸も太鼓判を押すが、警官は納得してくれなかった。

「HOZUKIグループの従業員？　この男が？　そんな嘘には騙されないよ。鬼灯組は昔からこの辺りを支配してきた極道一家だ。本庁のデータベースにも指定暴力団として載っている。似た名前を出して誤魔化そうとしてるんでしょ？」

「部長。組織犯罪対策部から照会完了のメールが届いてました。遅くなってすみません」

交番の奥から、コピー用紙を手にした若い警官が出てきた。

「調べたところ、『鬼灯組』ってのはないみたいですね。昔からこの辺りにあるのは『鬼瓦組』だそうです。HOZUKIグループと勘違いしたんじゃないですか？」

「なにっ⁉」

プリントを奪い取った警官は、まじまじと見て震えた。

昨日までは確かにあったはずの鬼灯組の文字が、なぜか鬼瓦組に書き換えられている。

「そんなはずはない。お前らがハッキングして改竄したんじゃないだろうな！」

「犯罪者扱いはやめてください。民事不介入の掟を破ったのはそちらではありませんか」

すっくと立ち上がった華は、金槌坊を引き寄せて、赤くなった腕を指さした。

「打ち身になっています。何の罪もない一般市民を取り調べ中に暴行するなんて、明るみに出たら大問題になりますよ？」

「そ、それは……」

冷や汗をかいて小さくなる警官が可哀想だが……背に腹は代えられない。

華は、厚底のぽっくり草履を斜に踏みこんで、気高く啖呵を切った。

「小娘だと思って舐めてると、その首、飛ぶかもしれませんよ！」

「ひいっ」

真っ青になりながら、警官は椅子から崩れ落ちた。

華は金槌坊を連れて交番を出る。ポーチ階段を下りると、一気に爽快感に包まれた。

（姐さんぶるの、気持ちいいかも……！）

胸のドキドキを感じていると、白い外車が徐行しながら近づいてきて窓を開けた。

「おかえり、華。作戦は成功したかな？」

運転する狛夜は、華が交番にいる間近くに潜んで、不測の事態には駆けつける手はずになっていたのだ。

「はい。なんとか解放していただけました」

華は、笑顔で助手席に乗り込んだ。

走り出した車の後部座席には、お利口な鬼灯丸と、ズンと落ち込む金槌坊の姿がある。

「すんません、兄貴。手間ぁかけました……」

「礼は華に言いなさい。彼女が体を張って暴力団ではないと主張してくれなければ、組に家宅捜索が来ていただろう」

褒められた華は、手をぶんぶんと振って小さくなる。

「お礼なんて結構です。むしろ勝手に狛夜さんの企業の名前を出したのを謝らないと。無事に解放されたのは、警察のデータベースに鬼灯組の名前がなかったからだと思います」

もしも指定暴力団の一覧に載っていたら、いくら華が土下座を続けても解放してもらえなかったはずだ。だが、狛夜はケロリと言う。

「うちの組、載ってるよ？」

「えっ。ですが、照会結果には『鬼瓦組』とありましたよ？」

狛夜のスーツの袖口から、管狐（くだぎつね）が顔を覗（のぞ）かせた。

真っ白い顔がインクでまだらになっている。今まさに一仕事終えてきた汚れ方だ。

「まさかとは思いますが、管狐さんを使ってハッキングを？」

「そんな高等技術は持ち合わせていないよ。プリントの文字を変えただけ。一文字くらいなら違和感なくすり替えられるんだ」

「文書偽造罪……完全にクロですね！」

「そうだね、犯罪だね。だから華と僕だけの秘密だよ？」

赤信号で車を停めた狛夜は、ハンドルから手を離し、口の前で人差し指を立てた。

華も真似して指を立てたが、胸の奥にくすぶった不安は消えてくれない。

「文字の改竄だけでは、すぐにバレてしまいそうです」

「問題ないよ。……今頃、全部燃えてる」

「え？」

走り出したタイヤの音で、狛夜の言葉がよく聞こえなかった。

だから華は知らない。

調書と照会文書の両方が、謎の出火により燃え尽きたことを。

第五章　あやかしの婚姻の秘密

暑さ厳しい七月某日。鬼灯組(ほおずきぐみ)の屋敷のあちこちに金魚鉢が置かれた。

昔ながらの武家屋敷は、夏を旨とするように作られているので風通しがいいが、その分、冷房が効きにくいという短所もある。

そのため、部屋に水場を作ることで目から涼を得るのだ。

華(はな)が暮らす離れにも、長い尾ひれが美しい金魚が一匹やってきた。

青い縁どりの金魚鉢を床の間に飾ると、陽の当たり具合で白や黄色の光が周りに反射する。水中で揺らめく赤い尾は、変幻自在に形を変えて見飽きなかった。

——パチャン。

水が跳ねる音で目覚めた華は、優雅に尾をひるがえす金魚を見た。

「ふわぁ。まだ早いよ——」

あくびをしながら起き上がって、仰天した。

壁に寄りかかって、腕を組んだ漆季が居眠りしている。

（どうして鬼さんがここに？）

起こさないようにそうっと近づいてみる。

眼力が強く近寄りがたい妖怪だが、寝顔はあどけなかった。

額や鼻筋、顎がしっかりした顔は安らかで、眉間に一つの皺もない。

もしも彼が人間だったら、女子が放っておかなかっただろう。

しみじみ思った華は、ふと右目に走る傷痕に目を止めた。

大分薄くなっているとはいえ、皮膚が引き攣れて色が変わっている。いつ斬りつけられたのかは知らないが、さぞかし痛かっただろう。

撫でようと手を伸ばすと、触れる直前で漆季の目蓋が開いた。

「……なんだ」

「いえっ、あの、その、何でもないです！」

炯々とした瞳に見つめられて、カーッと顔が赤くなる。

恋人でもあるまいし、古傷に触れようだなんて大胆な真似をするべきじゃなかった。

「鬼さんは、何の御用でこちらにいらっしゃったんでしょうか！」

「任務で怪我をした」

漆季は、タンクトップの裾をめくって、太いミミズ腫れができた腹をさらした。

「酷い腫れですね。緊急なら起こしてくださっても良かったんですよ？」

「別に…………お前を待っているのは苦じゃない」

ぶっきらぼうに言って漆季は目を伏せる。

恐らく、華が気持ち良さそうに寝ていたので、起こすのが忍びなかったのだろう。

漆季の気遣いは遠回りで分かりにくい。

でも、不思議と華の胸をきゅんとさせた。

「すぐに手当てしますね。救急箱の包帯で足りるかな。傷は背中までですか？」

漆季の服に手をかけて脱がせていると、障子がパンと開いた。

「もう起きたのかい、華――」

タイミング悪く現れた狛夜は、華に服を剝かれている漆季を目にして静止した。

「漆季と何を……」

狛夜の表情が曇るにつれて、部屋の空気がゾゾゾッと冷える。

庭から入り込んだ朝靄が足下で渦を巻いて、狛夜の姿を見えなくした。

「殺す」

霞の中から飛び出した狛夜は、狐耳を逆立て、尖った牙をむき出しにし、九本の尾を生やした妖怪の本性を露わにしていた。

漆季は、華を脇に倒し、そばに置いていた日本刀を抜いて、鋭い爪をガチリと受け止める。波打った髪の間からは二本角がにょっきりと生え、服は着物に替わっていった。

「コイツにそんな姿見せていいのか」

「僕のものに手を出しておいて、タダで済むと思うな……」

狛夜の瞳孔が縦に縮まった。完全にキレてしまった彼には、漆季の言葉は届かない。

ぶつかり合った殺気が、チリチリと朝の清澄な空気を焼いていく。

このままでは大惨事になる。華は、あわあわしながら仲裁に入った。

「狛夜さん、落ち着いてください。鬼さんの怪我の手当てをしようとしていただけです！」

「だとよっ」

漆季は足払いをかけた。狛夜が体勢を崩した一瞬の隙をついて庭に飛び降りる。

すぐに後を追った狛夜は、爪をふるって漆季を切り刻もうとした。

「そこまで！」

辺りに、雷が落ちたかのような怒号が響いた。

母屋の方を見ると、錫杖を握った組長が、しかめっ面で縁側に立っていた。

「朝っぱらから何をやっておる」

狛夜と漆季は、それぞれ武器を収めてその場に跪く。

「漆季が華のそばで一晩過ごしたと聞いて、注意しておりました」

「すみません、親父……」

「謝る必要はなかろう。漆季が次期組長の座に一歩前進しただけのことよ。だが、一家内での諍いはご法度だ。お主が我を忘れてどうする、若頭」

狛夜は、どろんと人間に化けて飄々と応じた。

「申し訳ありません。九尾の狐としての誇りを忘れて、華を怖がらせてしまいました」

「双方、仕置きで手打ちとする。ヤキ入れは嬢ちゃんに命じる」

「えぇっ!?　わたし、そんなことできません」

戸惑う華を、組長は「できるかどうかは聞いておらん」と突っぱねた。

「やれ。失態には厳しい罰を。それが、あやかし極道の掟なのだ。嬢ちゃんができないと言うのなら、幹部に命じてリンチでもさせるか」

「リンチ!?　待ってください、やっぱりわたしがやります！」

華は、必死に頭を働かせた。

狛夜と漆季の身に危険が及ばない罰を考えなくてはならない。

「そうだ！　わたし、玉璽の捜索に参加したいと思っていたんです。お二人にはその護衛をやっていただきます。屋敷の外に出ている間、絶対に喧嘩をしないことが条件です！」

「そりゃあいい。捜索に出て、たまたま玉璽に近づくことがあれば、翠晶もようやく反応するかもしれないからな」

組長はにやりと笑うが、漆季は「嫌だ」と即答した。

「護衛は俺だけでいい」

「僕がいれば十分だよ、華。鬼夜叉と行動して、怪我でもさせられたら可哀想だ」

「ああ？　テメエに預けるよりマシだ。このスケコマシ野郎」

「井底の鬼が喚いても、負け惜しみにしか聞こえないな」

言っているそばから口喧嘩だ。

華は、心を鬼にして二人の前に立ちはだかった。

「お二人一緒にやってもらいます。これは、お仕置きなんですから！」

「嬢ちゃんに逆らえば、儂に反抗したとみなすぞ」

組長の圧に屈した二人は、仕方なく華の命令を受け入れたのだった。

「ここが、警官が行方不明になった場所……」

華は、蔦で覆われたコンクリート造りの建物を見上げる。

先日の定例会で、妖怪が関わっていそうな事件として挙げられていた場所に、三人はやってきていた。

通りに張り出した看板によると、一階に喫茶店、二階と三階には会計事務所が入っていたようだが、今は無人だ。

隣に立った漆季は、鬼火に命じて調査報告書のコピーを広げさせた。

「小火が出て会計事務所が移転。ビルのオーナーでもあった喫茶店の店主が十年前に死んでからは廃墟だとよ。最初の通報では、中から黄金色の閃光が漏れ出ていたそうだ」

「もしかしたら、それは玉璽が放った光かもしれませんね」

翠晶が光で妖怪を吹き飛ばすように玉璽も光るとしたら、犯人はここにいた可能性が高い。

近くの駐車場に車を停めてきた狛夜は、華を心配そうに見やった。

「こんな辛気くさい場所の捜索なんて止めない？　警察が虱潰しに調べた後だ。今さら調べても何も出てこないと思うよ」

「調べたのは人間だけですよね。玉璽の痕跡を見落としているかもしれません。妖怪が見たら、何か違うものが見えるかも」

「行くぞ」

漆季は、前もって手に入れた鍵を使って、喫茶店の玄関口を開けた。

足を踏み入れてすぐに、華は漂うアルコールの匂いに気づく。

（お酒臭い……。それに、何となく煙い……）

タイルを敷きつめた床には、ビールの空き缶や吸い殻が転がっていた。右手には木製のカウンターがあり、使用済みの注射器が散らばっている。

狛夜は、壁にあったスイッチをパチパチと動かして照明が点かないのを確かめると、指先から狐火を出して薄暗い部屋を照らした。

「酷い荒れようだね」

「恐らく、コイツらの仕業だ」

劣化してセピア色になった壁には、蛍光色のスプレーで『クロウエンペラー』とストリート風の落書きがされている。

「こんなに早く復活するとはな。半グレは特定のヤサを持たねえ。悪事が露見してヤバくなったら別の場所に移って、そこでまた悪さをする」

「どこの団体にも所属していないから自由奔放に動けるんだよ。警官は見当たらないし、玉璽もないようだ。どこか空気のいい場所で気分転換して帰ろうか、華。……華？」

狛夜が気づいた時には、華は店の奥で空っぽの本棚を見上げていた。

「狛夜さん、鬼さん、ここは少しおかしいです。喫茶店なのに、テーブルや椅子がありません。それに、お手洗いも」

一般的に、喫茶店は飲食をする場所だ。

この店舗ほどの広さがあれば、カウンターの他にも席を設けて大勢の客を入れるし、お手洗いスペースもあるはず。

「奥にあるのかと思ったけど、ここで行き止まりみたいなんです」

床を見下ろした華は、いつの間にか翠晶が光っているのに気づいた。

（どうして？）

ふっと視界が陰る。視線を上げると、本棚に大きな目玉が二つあった。

『とう・せん・ぼう』

「きゃーっ！」

悲鳴を上げて後ろに倒れた華を、狛夜が抱き止める。

漆季は、二人をかばうように前に出て日本刀を構えた。

「ぬりかべか……？」

夜道で人を通せんぼする妖怪ぬりかべは、お菓子好きな下っ端組員だ。

大きな体をカメレオンみたいに本棚に擬態させているので、目玉だけが宙に浮かんでいるように見える。

「ぬりかべは、定例会にも顔を出さずに行方を眩ませていた。あやかし極道から抜けたくて飛んだんだと思っていたけれど、ずっとここにいたんだね」

『とう・せん・ぼう……』

大きな目玉から、ぽろっと涙がこぼれ落ちた。何かを悲しんでいるようだ。

「あなた、自分の意思でここにいるわけじゃないのね。どうしてこんなことに？」

華が呼びかけると、ぬりかべはパチパチと瞬きして体を透けさせた。

寒天を覗き込んだようにぼんやりと向こうの景色が見える。

隠されていたのは、お手洗いへ続く廊下だった。

奥にはテーブルと椅子が積み重ねられ、手前にはなんと警官が倒れている。

「暴行した痕跡を隠すために、ぬりかべを利用しやがったのか」

漆季は、刀を床に突き立ててぬりかべの体に手を当てた。しかし、押してもビクともしない。引っ張ろうにも、ぬりかべには手も足もない。八方塞がりである。

「クソッ。動かねえ……」

「どいてくれるかな？」

狛夜は、懐から拳銃を取り出すと、ぬりかべに向けて片手で構えた。華は青ざめる。

「ダメです、狛夜さん。警官を助けるためとはいえ、ぬりかべさんを殺すなんて！」

華の制止もむなしく引き金は引かれた。

パンと乾いた銃声と共に飛び出したのは、鉛玉ではなく管狐だった。小さな妖狐は、長い尾をなびかせてぬりかべに引っ付くと、丈夫そうな金属の取っ手に変化する。

あ然とする漆季と華を尻目に、狛夜は煙の立った銃口を吹いた。

「これで引っ張れるだろう。力仕事は鬼夜叉に譲ってあげるよ」

「……下がってろ」

華と狛夜が玄関口まで戻ると、漆季は取っ手に指を絡ませて力一杯引いた。

ぬりかべの体は通路からバリバリと剥がれる。隙間をくぐった華は警官に駆け寄った。

お菓子の空き箱を握っていた警官は、「う……」と苦しそうに唸った。

「大丈夫ですか？」

「まだ生きています！」

「ぬりかべが落とした菓子で生き延びたようだね。長い間閉じ込められて、危険な状態には変わりない。すぐにご家族の元へ送り届けてあげよう。漆季、ここは頼めるね」

「ああ」

漆季は、ぬりかべを壁に寄りかからせた。

クロウエンペラーの落書きに触れた体は、まるで水に入れた綿飴（わたあめ）みたいに縮んでいき、畳一枚程度の大きさになる。

「ぬりかべさんも無事みたい……」

華が安堵（あんど）したその瞬間、ザッと耳元を何かがかすめた。

振り向くと、数本の髪がハラリと床に落ちる。だが、切れるような物は近くにない。

戸惑っているうちに、目に見えないほど速い影が体に触れて、今度は藤色の着物の衿（えり）が裂かれた。

「な、何!?」

「鎌鼬（かまいたち）だ。翠晶の気配に気づいて寄ってきたようだね」

狛夜は、拳銃を抜いたまま華に腕を回した。

漆季が刀を握り直している間にも、鎌鼬はスピードを上げていく。

縦横無尽に飛び回る影の中で、草刈り鎌ほどの刃が光る。数は、二つ。

『翠晶をわたせ！』

「黙れ」

漆季は、刀を右に左に振りかぶって鎌鼬の攻撃を跳ね返した。

刃がぶつかるたびに、キンと高い音がなる。

目を凝らして動きを追っていた華は、狛夜の肩越しに斬りかかってくる影を見た。

「やめてっ！」

叫んだ瞬間、翠晶が強烈な光を放った。

『ぎゃあああああ』

鎌鼬は吹き飛ばされ、カウンターにぶつかって落ちる。

もう一匹を捜すと、漆季と鍔迫り合い（つばぜりあい）をしていた。

「鬼さんを離して！」

華が叫ぶと、閃光は再び放たれた。

光を浴びた鎌鼬は脱力して、漆季の足下にコロリと転がった。

狛夜と漆季は、信じられないものを見たような目つきで、息を切らす華を見る。

「華……いつの間に」

「翠晶を扱えるようになった？」

「えっ⁉」

必死で気づかなかったが、翠晶は華の願いに呼応した。

華は、ぽわぽわと光る翠晶を両手にのせる。

「どうして急に？」

何か特別なことをした覚えはない。唯一、今までと違うことといえば。

（狛夜さんと鬼さんを守らなきゃって、強く思った……？）

「華、考えるのは屋敷に戻ってからにしよう。ここに玉璽の手がかりはなさそうだ」

「そ、そうですね。まずは警官を連れていきましょう」

管狐を回収した狛夜は、華を連れて廃墟を出た。

車を走らせて、とある民家の前に着く。

警官を門に寄りかからせ、インターホンを押して物陰に隠れると、家から女の子が現れた。女の子は誰もいない道を不思議そうに見回して、ぐったりしていた警官に気づく。

「お父さんがいる！　お母さん、お父さん見つかったよー！」

すると、警官は目を開け、弱々しく腕を伸ばして娘と抱きしめ合った。

警官の妻らしき女性も出てきて、抱き合っていた二人に感極まった表情で飛びつく。

通りには、再会を喜ぶ親子の泣き声が響いた。

（よかったね）

家族と離れ離れになっていた間、生きた心地がしなかっただろう。自分の身を引き裂かれるように辛く、不安な日々を過ごしたはずだ。
離れていても共に傷つき、抱き合えば幸せになれる。
家族には、そんなかけがえのない絆がある。
だから、組長に拾われた漆季が自ら盃を交わしたいと願った気持ちも、華には分かる。
彼はきっと、離れても途切れない絆が欲しかったのだ。
（そう考えると、極道と家族って似ているかもしれない）
華は、玉璽捜しでは無力だ。
けれど、少しずつ翠晶の扱い方を覚えて、鬼灯組に貢献していけたら――。
（いつかわたしも、組の一員として認めてもらえるかな……）
無意識に触れていた翠晶を、手の中で転がす。
ぬりかべのそばで灯った光は、とうに消えてしまっていた。

組長の私室のそばには、幹部会議に使われる一室があった。
鬼灯組の代紋が飾られた畳敷きの十畳間だ。

「嬢ちゃんが翠晶を扱えるようになった、とな」

上座に座った組長は、煙管（キセル）を吹かしながら真正面の華に問いかけた。

隣には狛夜も控えていて、警官を見つけた一部始終を話してくれた。

「はい。鎌鼬に襲われた際に、急に願いを聞いてくれるようになったんです」

「翠晶に持ち主として認められたようだな。莫大（ばくだい）な妖力（ようりょく）を宿しておる翠晶と玉璽は、ある程度の素質がなければ扱えん。妖怪であれば少なからず妖力を持っておるのでコツさえ摑（つか）めれば利用できる。しかし人間は、安倍晴明（あべのせいめい）のように特別な才能が必要なのだ」

「これまでは反応しなかったのに、なぜいきなり扱えるようになったんでしょう？」

「鬼灯組で妖怪と親しくなったのを契機に、嬢ちゃんの眠れる才能が開花したんだろう。これから、翠晶は嬢ちゃんの意のままになる。玉璽を捜すのも、気に入らない妖怪を御すのも自由だ。その力があれば、鬼灯組をのっとることも可能だぞ？」

組長は、わざと挑発するような口調で華を焚（た）きつけた。

華が翠晶を使いこなしたならば、その辺の妖怪など敵ではない。

殺して逃げるも一興、鬼灯組をのっとって、今まで味わった不遇な扱いに意趣返しするのも一興だ。

「そんなことは望みません。わたしは鬼灯組にご恩を返すつもりです」

組長の挑発には乗らずに、華はまっすぐ答えた。もう心は決まっている。

「翠晶の力で玉璽を見つけ出して、鬼灯組にアヤをつけた犯人に落とし前をつけさせます。組のメンツを潰した連中にヤキを入れなければ、わたしの気が収まりません」

極道用語を使いこなして見得を切った華に、組長は大口を開けて笑い出した。

「アヤに、ヤキ入れ、メンツときたか。嬢ちゃん、立派になったな！」

組長は、嬉しそうな顔で隣に伏せていた鬼灯丸の背を叩く。自分の成長に気づいていなかった華は、照れて「そうでしょうか」と控えめに笑った。

「儂が死んでも鬼灯組は安泰だ。それで、次期組長の目星はついたのか」

「それは……まだ考えている途中です」

次期組長の話題を出されて、華はぎくっとした。

狛夜も漆季もそれぞれいいところがある。けれど、比較できるほどの情報が足りない。

（お二人の欠点が分からないから、そう感じるのかも。特に、狛夜さん……）

チラリと狛夜を窺うと、余裕そうな顔つきで微笑んでいた。

狛夜は華にとても良くしてくれるが、それが桁外れのような違和感がある。

次期組長の座を狙っての演技なのだろうか？

それとも少し違う印象を、華は狛夜に抱いていた。

（鬼さんにも、ずっと聞けないことがあるし……）

首を絞められた頃は、あの時のお兄さんではないと思ったが、漆季の優しさに触れるうちに、やっぱりそうかもしれないと期待が募っていた。

けれど漆季が完全に忘れているような気もして、なかなか聞けずにいる。

玉璽の捜索と並行して二人についてもっと知り、次期組長選びに本腰を入れなくてはならない。

「組長さん。跡目選びも頑張りますので、ゆっくり休んでいてください。少しでも長生きできるように」

心から心配してくる華に、組長はじんと感じ入った。

華は、鬼灯組が宇迦之御魂大神（うかのみたまのおおかみ）から見守るように託された存在。一方的に庇護（ひご）することはあっても、向こうから温情をかけられる日が来るとは、組長は思ってもみなかった。

「……そうだな。後は若者に任せて余生を楽しむとするか。嬢ちゃんがどちらに嫁入りするかも楽しみだしな」

そう言って組長はにやりと笑う。

「よ、嫁入り!?」

そうだった。次期組長選びを頑張ると言ったものの、選んだ方と結婚するということがすっかり頭から抜け落ちていた。

急に結婚を意識して、華は顔を赤くする。

それを楽しそうに見ていた組長は、「狛夜」と声をかけた。

「嬢ちゃんに、ぬりかべを助けた褒美をくれてやれ。内容は任せる」

「承知しました」

部屋を出た狛夜は、まるで自分が褒められたように喜んだ。

「組長にも認められたね、華。君は本当に素晴らしいよ。ご褒美は、宝石、ドレス、高級車、豪華客船（クルーザー）、どれがいい？」

「待ってください、狛夜さん。ご褒美の範疇（はんちゅう）を超えています。せめてお菓子とか……」

「そんなのいつだって買ってあげるよ。特別感のあるご褒美でないと、僕がいや」

キラキラした笑顔が眩（まぶ）しい。

うっ、と華が顔を背けると、壁にかけられていた組員向けの掲示板が目についた。

近くの神社で開かれる夏祭りのチラシが張られている。

「じゃあ、これに行ってもいいですか？」

「僕とデートしたかったんだ？　可愛いなぁ。そんなのもちろんだよ」

「え、あの……？」

翠晶のことで狙われる立場にあるため同行者がいるとは思っていたが、まさか狛夜直々とは。しかも、華はデートだなんて一言も言っていない。

狛夜は、にんまりと口角を上げて、上機嫌で組長に報告しに行った。

選択を誤ったような気がするが、ひとまず高級品を避けられてほっとした華だった。

「わぁ……！」

宵も深まる火灯し頃。

例大祭を報せる幟が立った参道には、たこ焼きやクレープ、金魚すくいといった屋台が軒を連ねていた。屋台の列は、社殿がある山から町中まで続き、広場には舞台もある。

「綺麗ですね。わたし、こういった本格的なお祭りに来るのは初めてなんです」

友達連れの子どもや仲睦まじいカップルに交じって、華と狛夜は参道を下っていく。

「華、何でも買ってあげるよ。食べたいものはあるかな？」

「えっと、その、お気遣いなく」

「遠慮しないで。組長がくださった華のお小遣いは、ちゃんと持ってきているから」

出かける直前、華は鬼灯丸がくわえてきた桃色のがま口を受け取った。

妙に厚いのが気になって確認すると、万札がみっちり詰め込まれている。

なんだろう、これ。

大金を持ち慣れない華の額からは、ぶわっと汗が噴き出した。

組長からだと気づいて急いで返したが、受け取ってもらえなかった。

かといって自分で持ち歩く度胸はなく、苦肉の策で狛夜に預けることにしたのだ。

「それじゃあ、林檎飴が食べたいです……」

勇気を出して言うと、狛夜は赤い飴がいくつも並んだ屋台に向かった。

「主人、これを一つもらえるかな」

注文する狛夜の結い髪が、絹紅梅の白い浴衣の肩にさらりと流れる。

凹凸のある生地は肌色が薄らと透けていて、目のやり場に困ってしまう。

(狛夜さんはこんなに色っぽいのに、わたしときたら)

華が身に着けているのは朝顔柄の浴衣だ。

淡い水色の地に、パステルカラーの朝顔がふんわりと花開いている。

半幅帯を結び、まとめた髪には飾り玉がついた簪を挿して、和風の籠バッグを持ってみたのだが……いかんせん子どもっぽい。

これらは狛夜が選んで買ってきてくれたものだ。どれも女の子めいていて、来年には二十一歳になる華は少し気恥ずかしかった。

「狛夜さん相手にお代は取れませんよ。好きなだけ持って行ってください」

「そうか。華、好きなのを選んでいいよ」

発泡スチロールに立てて並べられた林檎飴のうち、手前にあった形のよい一本を抜く。お辞儀をすると、店主は額から伝う汗もそのままに手を振ってくれた。

「本当にお支払いしなくていいんでしょうか？」

「ああいう場面では素直に受け取るものだよ。店主がショバ代を納める時に都合してあげるつもりだから、華は心配しなくていい」

「ショバ代？」

聞き慣れない言葉に首を傾げた華に、狛夜は丁寧に説明してくれた。

「業界用語で、場所の利用料のことだね。この祭りは鬼灯組が利権を持っていて――つまりは元締めになって、屋台を出すテキ屋や、歌や芸を見せる掘っ立て舞台を取り仕切っている。シマで商売させる代わりに、売り上げ金の一部を渡してもらうシステムなんだ」

「そうだったんですか！」

やけに馴れ馴れしいと思ったら、祭り自体を鬼灯組が運営しているらしい。

商業施設の経営といい、タピオカ店への出資といい、極道は手広く商売をしている。

「暑さで溶けてしまうから、歩きながら食べるといい」

お言葉に甘えて、セロファン包みを剝がした林檎飴に口をつける。

姫林檎に薄く張りついた赤い飴が、パキリと割れて舌に落ちた。

強い甘みの後からくる果実の酸味に、頰がきゅうっと縮む。

「ふふ、酸っぱかった？」

恋人に向けるような甘い表情を向けられて、華の心臓がドキリと跳ねた。

「少しだけ……。ちゃんと美味しいですよ」

「それはよかった。食べたら少し遊ぼうか。何がいいかな？」

参道には、食べ物に交じってゲームの屋台も並んでいた。

色とりどりのヨーヨーが浮かんだ水槽に目を奪われながら、華はううむと考える。

千本引きや輪投げと悩んだが、選んだのは射的だった。

赤い布を敷いたひな壇には、お菓子やぬいぐるみ、玩具や美容家電の箱が並んでいる。

三百円を払って、撃ち弾のコルクを三個もらった華は、真ん中の銃を選んだ。

欲しい景品であるタブレット端末が、上段の中央にあったからだ。

コルクを銃に詰めて、目いっぱい腕を伸ばして撃つ。弾は狙う箱からそれて隣のぬいぐるみに当たった。しかし、ぬいぐるみは倒れない。上段は難易度が高いようだ。

次の弾は、下段にある軽そうなお菓子を狙った。しかし、軌道が下にそれて棚にぶつかり、跳ね返ってきたコルクが華のおでこに直撃する。

「痛っ！」

「ふっ」

噴き出す音に目をやると、狛夜が口元に手を当てて顔を背けていた。

隠そうとはしているが完全に笑われている。

「びっくりするくらい難しいんですよ、狛夜さん？」

「そうみたいだね。コツがあるから教えてあげるよ」

最後のコルクを手に取った狛夜は、空気銃を右の方にあるものと取り替えた。

「飛び方が悪いのでこっちの銃にしよう。コルクを詰めたら、テーブルに腰をつけて体勢を固める。欲張って銃を前に出すと、ぶれて思わぬ方向に弾が飛んでしまうからね」

華に銃を握らせて、狛夜は背後から抱きかかえるように手を重ねた。

広い胸元にすっぽり収まった華は、思わず体を熱くする。

――嬢ちゃんがどちらに嫁入りするかも楽しみだしな。

意識したせいか、組長の声が頭に流れてきた。

　これから華は、狛夜と漆季、どちらかと恋愛をすることになるかもしれないのだ。

「――豪華な景品は、コルクがぶつかっても倒れないよう、中に石が詰められている。確実に持って帰れそうなのは、中段のソフビ人形かお菓子だね」

　甘い囁きに合わせて、銃口がチョコ菓子の箱に向いた。

「箱の角を狙う。右上にしよう。片方の目で照準を合わせて、引き金に指をかけて」

　耳朶を撫でる吐息に、華の鼓動が重なる。ドキ、ドキ、ドキ――。

「撃て」

　思い切り引き金を引く。

　パンと乾いた音を立てて放たれたコルクは、狙った箱の右上に当たって倒した。

「当たった……」

　華は呆然とした。まるで催眠術にかかっていたみたいに現実感がなくて、景品のチョコを渡されてもまだ自分が当てたとは信じられない。

「狛夜さん。わたし、初挑戦で景品を取れました！」

「良かったね。次はもっと上手にできるよ」

「テメエら、なにやってんだ……」

　歩いてきた漆季は、大喜びする華とその頭を撫でる狛夜を見て、盛大に顔をしかめた。

黒いしじら織りの浴衣が漆季の引き締まった体によく似合っていて、根付けで帯に下げた鬼灯形の煙草袋がワンポイントになっている。

「どうして鬼夜叉がこんなところにいるのかな？　デートの邪魔なんだけど」

「ああ？」

一触即発な雰囲気に、華は笑みを作って割り込む。

「わ、わたしが！　わたしが鬼さんを誘ったんです！」

実は祭りに行けると決まった後、華は漆季のことを誘っていた。

もしかしたら人波に紛れて玉璽の犯人もいるかもしれない、という理由であれば、三人行動にも納得してくれるのではないかと思って。

「華、それはどういうこと？」

狛夜の満面の笑みには、ただじゃおかないと言いたげな迫力がある。

対する漆季の眉間には、深い皺が寄っている。

「えーっと、そう、お二人に話したいことがあって！　とりあえず一緒に行きましょう！」

「それなら仕方ないか……」

二人とも嫌そうな顔つきになったが、なんとか納得してくれたようだ。

「あとすみません、ちょっとお手洗いに行ってきますね」

そう言って華は二人を残し、祭りの入り口へ向かっていった。

(よかった。喧嘩にならなくて)

それに、話したいことがあるというのも嘘ではない。

気持ちを落ち着かせてお手洗いを出ると、久しく聞いていなかった声がした。

「あれぇ〜？　集金泥棒の葛野さんじゃん」

見れば、コールセンターで一緒だった同僚グループがいた。

大輪の花が散らばった派手な浴衣を着て、石槍みたいに長いネイルを施した手で、光る容器に入れられたジュースを持っている様は、遠目でも目立った。

「相変わらず地味な格好してる。あ、仕事をクビになっちゃったからお金ないんだ？」

「やめてあげなよー。ただでさえ貧乏なのにかわいそう」

同情している彼女の腕にはハイブランドのバッグがある。他のメンバーも、手首や耳元に高価なアクセサリーをつけていて、高級ホテルで開かれるパーティーに行くようだ。

そういうマウント取りに慣れっこの華は、控えめに微笑んだ。

「皆さん、お久しぶりです」

これは嵐なのだ。逃げ遅れたら、通り過ぎるまで耐えるしかない。

「前から思ってたけど、葛野さんって女捨ててるよね。だから男を取られるんだよ〜。麻理なんて、多野先輩ともうすぐ結婚だよ？」

多野は、コールセンターで華の上司だった男性だ。一度はいい雰囲気になったが、このグループの中心人物である麻理に奪われた。

浴衣に負けない派手な巻き髪をした麻理を、周りは目いっぱいおだてる。

「多野先輩ってイケメンで出世筋だし、美人な麻理が選ばれるのは当然だよねー。婚約指輪だってすごいんだから」

「えぇ〜。恥ずかしいから、私のことはいいよぉ〜」

麻理が頬に当てた手には、大粒のダイヤがあしらわれた指輪が光っていた。

それを見る周りの目は笑っていない。仲良しに見せかけていても、彼女たちは敵同士なのだ。身に着けるブランドの格や彼氏のスペックで常日頃から競い合っている。

敵が結託するのは共通のサンドバッグの前でだけ。コールセンターではそれが華だった。

「そういえば、誰かさんも多野先輩に色目使ってたよね？」

「多野先輩、麻理といい雰囲気になってるって有名だったのに、奪えると思っちゃったのかなぁ。どこかの泥棒女さんはぁ〜？」

「きっと教えてくれる友達がいなかったんだよね。それで自分でもイケるって勘違いしちゃったんだ。どう見たって敵わないのにね！」

涙袋を強調した目元を細めてクスクス嗤われると、コールセンター時代に戻ったようだ。

祖母と死に別れて、やっと見つけた居場所と、芽生えた淡い恋心を思い出す。

そこでも華は選ばれなくて、周りから祝福するポジションで——。

(あれ？　上手く笑えない……)

これまでは、どんなに見下げられて嘲笑われても、笑みを浮かべて耐えられた。恋が叶わなくたって、自信以外は何にも失わないから平気だと虚勢を張っていられた。

それなのに、今は、ぎこちなくしか笑えなかった。

(もしかして、あやかし極道で生活しているから？)

華は、鬼灯組の組員たちと知り合って、こういう生き方もあるんだと知った。

彼らは華のように謝らない。笑顔で誤魔化さない。怒りたい時に怒って、プライドと意地でぶつかりあって、自力で嵐を吹き飛ばしてしまう。

その場しのぎも大概だ。

けれど、そんな風に自分だけを尊重できる人間になれたら。

華も、自分自身を好きになれるかもしれない。

「――ちがいます」

俯いて声を絞り出した華に、元同僚たちは顔をしかめた。

「は？　なにが」

「多野先輩のことはもうなんとも思ってないです。それと、この浴衣は買っていただいたものなので貶すのはやめてください。わたしは退職した人間ですし、あなたたちとは友達でも同僚でもないので、気分を害すなら今後一切関わらなくて結構です。あと麻理さん。どうかお幸せに」

今度こそにっこりと笑う。

言い切った華は、彼女らに気づかれないように、そっと息を吐いた。

（い、言えた……！）

緊張と興奮で手足が震えているが、爽快感が半端ない。

そのまま立ち去ろうと踵を返すが、「ちょっと！」と腕を引っ張られた。

元同僚たちは、初めてはっきり反論してきた華を生意気だと罵倒する。

「そんなこと言える立場だと思ってんのかよ！」

「あんたが急に仕事辞めたせいで、こっちがどれだけ迷惑したか分かってんの～？」

「責任取れよ！」

　ドンと肩を押されて、華はバランスを崩した。

「きゃっ」

　倒れかけた体は、横から伸びてきた腕に引き寄せられる。

「うちの華に何かご用でしょうか？」

　華の頭に頬を寄せて美しく笑ったのは、狛夜だった。

　突然現れた超ド級の美形に、麻理たちは黄色い声を漏らす。

「ちょっと、なにこのイケメン！」「ホストかな？」とひそひそと話していたが、次の瞬間には悲鳴が上がった。

「テメエら、何しやがった」

　漆季が華の隣に並ぶと、彼女たちは真っ青になって後ろに下がった。

　ホストのようなイケメンと、どう見たってヤバそうな厳つい男が並んでいる状況に、混乱しているようだ。

「わ、私たちは何もしてな――」

「あ？」

　漆季は、ピキッとこめかみに青筋を立てて相手を睨んだ。

「ひぃっ！　い、いえ、なんでもないです！」

「ひ、人違いでしたー！」

本物の迫力に恐れをなして、元同僚たちはこけつまろびつ参道を走り去った。

狛夜は、華を囲っていた腕を解（ほど）いて、押された肩を心配そうに見る。

「かなり強く押されてたね。痛みはない？」

「大丈夫です。お二人とも、ありがとうございました」

華が頭を下げると、狛夜は穏やかに微笑み、漆季はぶっきらぼうに顔を背ける。

彼らが妖怪（ようかい）の襲撃でもないのに助けてくれて、華はどうしようもなく嬉（うれ）しい。

（わたし、もう独りぼっちじゃないんだ）

それだけで、華の心は空高く飛べそうなくらいに軽やかだった。

「お邪魔虫も去ったことだし、もう少し屋台をひやかそうか」

狛夜に言われて、華は両側を二人に守られながら参道を歩いていった。

珍しくそばにいてくれる漆季をチラリと見る。

屋台の明かりを反射する瞳（ひとみ）は、あのお兄さんと同じ深紅だ。

（今なら聞けるかも……）

華は意を決して、漆季に話しかけた。

「あの、鬼さん。ずっと聞きたかったことがあるんですけど……」

「なんだ」

「わたしたち、昔、逢ったことがありませんか？　公園で一緒にボール遊びをしたのを、覚えていらっしゃらないでしょうか？」

お兄さんは恩人だ。華は彼に、恋にも似た憧れを抱いてきた。

次期組長への嫁入りが何となく嫌なのも、お兄さんとの約束が心に残っているからだ。

（……って、もし鬼さんが約束を思い出して、本当に花嫁にと乞われたらどうしよう!?）

ドキドキしながら反応を待ったが、漆季はきっぱり「ない」と答えた。

「ガキと遊んだ記憶も、ここ千年ほどない」

「そう、ですか……。赤い目なんて他で見たことがないから、てっきり鬼さんだと……」

はっきりと否定されて、華は脱力した。

がっかりと安堵が一緒に降ってきて、複雑な気持ちだ。

「赤目？」

漆季は、眼球だけ動かして、寂しげに笑う華を見る。

「はい。昔、一度だけ遊んでくれた赤い目のお兄さんに、将来お嫁さんになってと言われたんです。わたし、それが鬼さんだと勘違いしていました」

「……嫁に」

漆季は、一気に険しい表情へ変わった。

「鬼さん、どうし――」

ドン！

大きな炸裂音に振り返ると、夜天を彩るように花火が開いていた。

「二人で何を話しているのかな？　ここそするのはやめて花火を見に行こうよ」

狛夜は、華をひょいと横抱きにした。

人目が花火に向いている隙をついて宙に浮かび上がり、拝殿の屋根に降り立つ。

「わわっ！　神社の屋根に上っていいんですか？」

「神様とあやかし極道は、わりかし近い関係だから平気さ」

「そういうことでしたら……。お邪魔します」

おそるおそる腰を下ろした華の右隣に、狛夜はぴったりと座る。

遅れて屋根に上ってきた漆季の機嫌は、崖みたいに急降下していた。

「勝手な行動をするな」

「デートの予定は相手に応じて変えていくものだよ。そんな頭でっかちだから、お前は若頭になれなかったのさ」

「なんだとテメエ」

「お二人とも、花火を見ましょう⁉」

華は口喧嘩に割り込んだ。ここで止めないと、この間の繰り返しになる。

「華の顔を立ててここは流そうか。朴念鬼」

「イモ引く前に片付いて良かったな、クソ狐」

漆季は、どかっと華の左に腰かけた。

狐と鬼に挟まれた華は、やっと落ち着いて花火を見上げられた。

夜空に輝く大輪の光。高く飛んで大きく開くのは菊に、中ほどで一気に花開くのは撫子に、尾を引く光は稲穂やススキに見える。スマイルや魚の形を模した創作花火もある。

光は一瞬で燃えつきて闇に溶けていく。しかし、惜しいとは思わない。

儚いからこそ美しいのだ。

「……わたし、こんな風に誰かと花火を見たのも、初めてなんです……」

華の言葉に、狛夜と漆季は耳を澄ました。彼女が自分の話をするのは珍しい。

「わたしの両親は幼い頃に火事で亡くなりました。出火原因は家族でやった花火の残り火だったので、引き取ってくれた祖母には、お祭りに行きたいって言えなかったんです。浴衣を着て、屋台で遊んで、一緒に花火を見上げる相手がいるなんて、夢みたいです……」

涙目になる華の頭を、狛夜は優しく撫でた。

「来年も一緒に見ようね。次は部屋住みの子らも連れてこようか。その頃には、華は僕の花嫁になっているだろうから、名実共に鬼灯組の一員だ」

「そういえば、あやかしの婚姻って人間がする結婚とは違うんですか？」

金槌坊(かなづちぼう)が嫁入りに反対する時に言っていた言葉が、華は気になっていた。

問いかけると、狛夜は不意を突かれた顔で手を止めた。漆季も表情を強(こわ)ばらせる。

「？　あの……」

「あやかしの婚姻は、人間の結婚とは違うよ。僕らは生涯に一度しか結婚しない。ただ一人の相手を未来永劫(えいごう)、己が朽ち果てるまで想い続ける。呪いのようなものなんだ」

「婚姻が、呪い？」

華の心がザワリとした。

どういうことかと不審がる華に、狛夜は目を伏せて説明を続ける。

「あやかし者が婚姻関係を結ぶと、双方の魂に縁(えにし)という枷(かせ)がつく。縁は死してなお解けないから、片割れを失った妖怪は喪失感によって弱ってしまうことも多いんだ。葛(くず)の葉(は)はそれで死んだ」

かつて、狛夜と仲睦(むつ)まじかった葛の葉は、人間を選んで彼の元を去った。

あやかしの婚姻をするために。

そして彼女は片割れに先立たれて——その先は、想像するだけで辛い。

「愛する者を失い、力を失い、心を病んだ妖怪は、たとえ生き長らえても悪いものに姿を変える。だから妖怪は、極力、人間を愛さない。先に死ぬ脆弱な種と結婚しても、いいことなんか一つもないからね」

「狐の言葉を真に受けるな。人間と婚姻する妖怪もいないことはない。妖怪と近しい家系の者や妖怪並みに霊力の高い者とすれば、妖力が増して人間にも影響力を持つ。親父のような大妖怪になるのも夢じゃねえ。後は、好きになったとか抜かしてするヤツもいる」

漆季は「恋なんかくだらねえ」と屋根にひっくり返った。

「あやかしの婚姻は、財産を手に入れる手段でもある。婚姻すると財産は共有されるからな。どうしても欲しい物がある妖怪は、あやかしの婚姻をしてすぐに相手を殺す。それなのにテメエときたら、どこの馬の骨とも分からねえ妖怪にツバ付けられやがって」

「ツバなんて身に覚えがありませんが……？」

「これだ」

漆季は華の左手首を掴んだ。そこには、腕を一周する痣がある。

「これは、妖怪が婚姻を約束した相手に付ける印だ。自分の匂いで他の妖怪を威嚇するためのな。時が来たらソイツはお前を迎えにくる。あやかしの婚姻をするために」

「うそ……」

赤い目のお兄さんは妖怪だったのだ。

あの日、華に近づいたのは、翠晶を持つ葛野家の娘に自分との婚姻を約束させるため。

遊んでくれたのも善意ではなく、華を手懐けるため。

遠い昔の美しい記憶が、色を失って散っていった。

まるで咲いた後の花火のように。

「わたし、嫌です。ろくに知らない妖怪と――鬼灯組とは何の関係もない妖怪と、結婚するなんて……！」

震える声で吐きだした華に、狛夜と漆季は憐れみの視線を送った。

次期組長への嫁入りから逃れられたとしても、華は痣を残した妖怪からは逃げられない。

あがこうともがこうと、体に刻まれた約束は死の淵まで憑いてくる。

「わたしの意思もなく、こんな印を付けるなんて酷い……。どうしたらいいの……」

涙をこぼして取り乱す華の背に、狛夜はそっと手を当てた。

「落ち着いて、華。婚姻の約束を反故にする方法は二つある。一つは、印を付けた妖怪を殺すこと。もう一つは、翠晶と玉璽を揃えて願いを叶えてもらう方法だ」

「安倍晴明が残した妖怪の宝物は、二つ揃えるとどんな願いでも叶えられる。どこの誰が付けた印か知らねえが、確実に消えんだろ」

二人とも、大事な秘密を打ち明けたというのに、どこか晴れ晴れした風にも見える。

「もしかして、組長さんがわたしをお屋敷に留めて玉璽を捜しているのって……」

組長が呪詛を受けているとて鬼灯組は強い。

玉璽は使わずに保管していたようだし、翠晶を利用したいという申し出もない。

妖怪の宝物なんて持っていなくても、十分にあやかし極道としてやっていける。

「わたしが、印を付けた妖怪にあやかしの婚姻をさせられて、殺されないように？」

「違う。お前の翠晶で、組に泥を塗りやがった犯人を見つけるためだ」

「漆季はそうなんだって。僕や組長は初めから華のためだったよ。下手に報せて不安がらせる必要もないだろうと黙っていたんだけど、金槌坊が言うとはね……。あ」

銀色の花火が連射されたのを最後に、ピタリと打ち上げが止まった。

「終わったな」

漆季はすっくと立ち上がった。同じく腰を上げた狛夜は、華に手を差し出す。

「帰ろう、華」

ぐずっと鼻を鳴らした華は、眼前に浮かんだ大きな手の平を見つめた。

妖怪は恐ろしい。彼らは罪悪感を覚えず、目的のためならどこまでも非情になれる。

（でも、それだけじゃない）

狛夜と漆季が身を寄せる鬼灯組は、屋敷に住まわせることで華を守ろうとしていた。日本中の妖怪が欲している玉璽を悪用せず、戦乱の最中に見失った葛野家を案じてくれていた。そんな彼らに、怯える方が失礼だったのだ。

鬼灯組だけは心から信じられる。華は、そう思った。

「はい。わたし、鬼灯組に帰ります」

狛夜の手を取った華は、抱きかかえられて屋根から降りて、屋敷への帰路についた。

鬼灯組の正門を通って敷地内に入る。

スロープを上がると、屋敷の前には、強面の組員たちがずらりと並んで待っていた。

極道では、組長や幹部などが出歩く際に、組員総出で見送ったり出迎えたりする。若頭である狛夜のお迎えも盛大に行われるので、これもその一環だろう。

ところが一同は、車を降りた華にも頭を下げた。

「お帰りなさいませ。狛夜さん、漆季さん、華さん！」

「え？」

名前を呼ばれてびっくりしていると、金槌坊が駆け寄ってきた。

「アンタ、翠晶が使えるようになったから玉璽捜しをするって、組長に宣言したんだってな。おれら、アンタを誤解してた。人間は皆、妖怪の敵なんだって思い込んで酷いことしちまった。すまねえ！」

そう言って深く頭を下げる。

謝るのは極道の禁じ手だが、金槌坊はそれだけ本気で華に悪いと思ってくれたのだろう。

「どうか頭を上げてください。これまで翠晶が扱えずにご迷惑をおかけしたのは、わたしの方ですから。玉璽捜しを頑張りますので、どうぞよろしくお願いします」

体を起こした金槌坊に、華はふわっと笑いかけた。

花のように愛らしい笑顔に、ピリピリしているのが常の組員たちは釘づけになった。

「お、おう。アンタがそういうなら、仲良くしてやらねえこともねえよ？」

不器用にかっこつける金槌坊の前に狛夜が割って入り、「はいはい、解散」と組員たちを追いやった。

「あっ！」

ぞろぞろと屋敷に戻る組員たちを見ていた華は、大事なことを思い出した。

「狛夜さん、鬼さん。お二人に話したいことがあるんですけど」

「ああ、そういえばそうだったね」

狛夜と漆季は、足を止めて戻ってきてくれた。

「ぬりかべさんの件で、ちょっと気づいたことがあったんです。あそこではクロウエンペラーが悪さをしていたようですけど、彼らは妖怪で言うと上級の方なんですか？」

「あの鴉がんなわけねえだろ」

「クロウエンペラーは低級だよ。それがどうしたの？」

漆季がしかめっ面で答え、狛夜が補足した。

「そうなんですね……。実はぬりかべさんに翠晶が反応した時、強い力が影響していると感じ取ったんです」

「強い力……明らかにクロウエンペラーじゃないね」

「ってことは、別の妖怪が関わっていたってことか？」

華の話を聞き、二人は考え込む。

玉璽盗みの犯行に、とんでもなく強力な妖怪が関わっているかもしれないという可能性が浮上し、三人は緊張した面持ちになったのだった。

第六章　華と狐と鬼の約束

「もう満腹だ……」

そう言って組長は箸を置いた。朝食の皿には料理が半分以上も残っている。

組長の好物であるとろろにも手が付けられていないので、華は心配になった。

「ひょっとしてお体の具合が？」

「問題ない。鬼灯丸、嬢ちゃんを送ってやれ」

「ワン！」

鬼灯丸を連れて座敷を出た華は、とぼとぼと廊下を歩く。

「組長さん、どんどん元気がなくなっていくなぁ……」

以前は、対面するだけでも肌がビリビリ痛む威圧感があった。

しかし、今日はそれがなかった。体つきは細くなり、声からは張りが失われていた。

呪詛は徐々に、だが確実に、組長の寿命を吸い取っていく。

「組長さんを安心させるためにも、早く次期組長を決めてしまわないと。ねえ鬼灯丸。あなたは、狛夜(ひゃくや)さんと鬼さんに足りないものが何か知ってる？」

　華が問いかけると、鬼灯丸は「ワン」と鳴いて階段に足をかけた。

「そっち？　わたし、二階には行ったことないんだけど」

　鬼灯丸が軽快に上っていったので、華も後を追った。

　二階は、階段から一直線に廊下が伸びていて、鬼灯模様の飾り格子がはまったガラス戸が左右に並んでいた。ガラス越しに畳敷きの和室が見えている。

（ここに、何が……？）

　そうっとガラスを覗(のぞ)き込んでいると、背後から声をかけられた。

「何か用？」

「ひっ！」

　振り返ると、狛夜が不思議そうな表情で立っていた。お馴染(なじ)みのスーツは夏素材に変わっていて、白い色合いも相まって熱がこもる二階でも涼しげだ。

「狛夜さん、お疲れ様です。どうしてこちらに？」

「それはこちらの台詞(せりふ)だよ。華こそ、なぜ僕の私室に？」

「狛夜さんのお部屋だったんですね！　わたしは鬼灯丸の後をついてきたんです」

　狛夜は、腰に手を当てて、知らんぷりする鬼灯丸を叱った。

「華で遊んでいると、そのうち組長に熱せられて丸められるよ?」

「ウー」

鬼灯丸は苦悶する表情で唸った。苦笑する狛夜に、華は小声で問いかける。

「鬼灯丸の正体って、何なんですか?」

「正体は……まあ、そのうち分かるさ。少し休んでいかない?」

開かれたドアの向こうには、陽が差し込む座敷があった。

兎の刺繍が入った足袋で踏み入ると、ふっと辺りが暗くなる。

「あ、れ?」

気づけば、華は洋室に立っていた。先ほど見えた部屋より三倍も広い。

黒いレザー張りの応接ソファとテーブル、書類を収めたファイルが並ぶ棚、業務用のコピー機があって、どこかの会社のオフィスのようだ。

「廊下からは和室に見えたのに」

「妖術だよ。狐に化かされた説話は人間にも伝わっているよね? あれと同じ」

「美女に持て成されて、お酒を浴びるだけ飲んで寝て起きたら、廃寺で雨水を飲んでいたって感じのお話ですね。小学生の頃、怖い話の本で読みました」

「その妖狐は化かすのが下手すぎるね。僕くらいになると、和室を妖術でフルリフォームできる。事務室だけじゃなくて居間と寝室も作ってあるんだ。華なら大歓迎だから、眠れない夜はおいで」

「えっと」

華がチラリと見たのは、若頭の席である大机だ。

引き出しを開けたら拳銃が入っていてもおかしくない雰囲気の中、ぐーすか眠れるのはよほどの命知らずか無知な人間だけだろう。

「ここで眠るのは、ちょっと……」

「華はちゃんと段階を踏みたいんだね。可愛いなぁ。まあ、ゆっくりしていってよ」

狛夜が指を鳴らすと、管狐たちがティーセットとケーキを持ってきた。

ポットを持ち上げた狛夜は、鬼灯丸の鼻に押されてソファに座った華に紅茶を淹れる。

「ミルクと砂糖は自由に使って」

「ありがとうございます」

こくりと飲みこむと、爽やかな香りが喉を伝って、体の芯がほわっと温かくなる。

「美味しいです。狛夜さんは何でもできるんですね」

ソファの向かい側で足を組んだ狛夜は、役目を終えた管狐を手で追い払った。

「華のことだって結婚したら何でもやってあげるよ。そうだ、家族も作ろう。妖狐と人間の間にも子どもは生まれると、葛の葉が証明してくれた」

「そ、そうですよね」

もしも、華が狛夜とあやかしの婚姻をしたら、彼の子どもを産むかもしれない。

人と関わってきた妖怪なので、かぎりなく人間の営みに近い家庭を作ってくれる。

きっと華を心から愛してくれる。

そして、幸せに暮らした華は、家族に看取られて死ぬのだ。

（でも、わたしが死んだら、狛夜さんは――）

片割れに先立たれた妖怪は、大きな喪失感により弱ってしまうという。

狛夜も衰弱して、葛の葉と同じ道をたどるかもしれない。

（あやかしの婚姻は、相手が死んだ後も生涯にわたって想い続けるもの。そんな大切な相手に、わたしがなっていいのかな？）

華は、美しいわけでも聡明なわけでもない。資産も地位もろくにない。

成り行きで翠晶の持ち主になっただけの人間だ。

為政者に取り憑いてきた白面金毛九尾の狐にしてみれば、無価値も同然のはず。

（狛夜さんだけじゃない。漆季さんだって、次期組長に選ばれたら好きでもないわたしを愛さなくちゃいけない――）

そこではた、と華は疑問に思った。

次期組長は鬼灯組を守る立場だ。あやかしは長命だから、一度組長になれば何十年、何百年も組長として立ち続けるという。

それなのに、なぜ短命の人間である華と、あやかしの婚姻を結ぶことを決めたのか。

（そういえば、婚姻相手の資産は共有されるって言ってたよね。ということは、わたしの死後には、翠晶も次期組長の手に渡る……）

翠晶が持つ力は計り知れない。

もしかしたら、華の死後も婚姻相手が弱らないよう守ってくれるのかもしれない。

（組長さんはそれを見越して、嫁入り宣言をしたんだ）

悲しみを乗り越えた者はより強くなるという。

組長という立場にはかなりの覚悟が必要なので、それに耐えうる強さを身につけてほしいと組長は考えたのだろう。

「はーな？」

気がつくと、狛夜がいつの間にか隣に座っていて、美貌がすぐ近くにあった。

華を映す群青色の瞳は、蜂蜜みたいに甘ったるい。

「また難しく考えているね。君は悩まなくていいんだよ。僕、自分でしたいと思わない契約は死んでもしないから」

狛夜は「せっかくだし見せようか」と大机に向かった。

鍵（かぎ）のかかる引き出しから取り出されたのは、鬼灯組の代紋が入った桐の小箱だ。

狛夜が蓋（ふた）を開ける。中に収められているのは朱塗りの盃（さかずき）だった。

「これは、僕が入門する時に組長と交わした固めの盃だ。組に入る前は、他の妖怪に命を狙われていたんだよ。玉璽の前の持ち主は、この僕だった」

「狛夜さんが持っていたんですか！」

初耳の情報にびっくりする華を連れて、狛夜はソファへと戻った。

「人間を魅了して巻き上げた金銀財宝に交じっていてね。それ以来、妖怪に付け狙われておちおち眠っていられないような状態だった。自衛のため山に巣を張って、殺生石（せっしょうせき）という毒石を生み出して、近づく者を手当たり次第に殺すしか身を守る方法はなかったよ。殺しを正当化した僕は、当然のごとく穢（けが）れていった」

妖怪は、殺しや盗みを働くと身のうちに穢れが溜（た）まっていき、恐ろしい災厄に姿を変える。人間の世で疫病や大災害を起こすのは、自然ではなく妖怪なのである。

「やがて、すべてを殺し尽くす僕を討伐しに、鬼灯組を率いた組長がやってきたんだ」

鬼灯組は、道を封じていた殺生石を打ち砕き、狛夜がいる本丸までの道を侵略した。

四方の木々を切り倒し、草花ごと地面を焼いて、逃げ場のない状況を作っていく悪逆無道の戦法は、どちらが悪者かと誹りたくなるほど酷いものだった。

「本丸にたどり着いた組長は、僕に真っ向勝負を挑んできた。双方互角だったが、組長が一枚上手でね。倒れた僕は大太刀で首を刎ねられそうになった」

「それで!?　それで、どうなったんですか？」

興奮する華に、自分の分のケーキを渡して狛夜は続ける。

「組長は刀を引いた。そして、玉璽を渡せば見逃してやると持ちかけてきた――」

「白面金毛九尾の狐。其方の悪名は日の本の津々浦々まで届いておる。これからも数多の妖怪が玉璽を狙って来るだろう。儂に渡せば、生き長らえるやもしれんぞ」

本丸の燃えさしから上がる黒煙を背に、組長は眼力で圧をかけてきた。

もはやこれまでと悟った狛夜は、抵抗する気力もない。

「これだけ穢れた妖怪が、生きられる場所はもうない……」

「ならば、あやかし極道に入るか？」

思わぬ申し出に、狛夜は視線を上げた。

「あやかし極道……？」

「妖怪の中でも手のつけられん荒くれ者、ならず者が最後に行き着く場所だ。儂が率いる鬼灯組は大江戸八百八町を支配しておる。世間からのあぶれ狐、喜んで受け入れよう」

大太刀を離した手が、狛夜に差し出される。

長く独りきりで戦ってきた狛夜には、蜘蛛の糸より神々しく見えた。

「……鬼灯組に入れば、貴方のように強くなれるだろうか」

すると、組長は大口を開けて哄笑した。

「儂のようにとは大きく出たものよ！　並び立っては面白みが足らん。其方も妖怪ならば、実力で組長の座を奪ってみせよ!!」

「――僕は玉璽を渡して鬼灯組に入った。部屋住みから頭角を現し、若頭に出世するまであっという間だったよ。どうやって鬼灯組を奪ってやろうかと策も練ったけれど、いざ蓋を開けてみたら組長は困った爺でね。僕みたいな荒くれ者を見つけると、自ら勧誘に行って連れ帰ってくる。大所帯になって困ると言えば、屋敷を広く建て替えると言う。止める僕の苦労を分かっていない」

うんざりした様子で愚痴る狛夜が面白くて、華はふふっと笑ってしまった。

「狛夜さんにとって、組長さんは師匠みたいな存在なんですね」

ぴったりの言葉だと思ったが、狛夜は納得いかなそうに眉をひそめた。

「師匠ではないよ。いつも寝首をかいてやろうという気でいるもの」

「そのやる気が出るのは、組長さんを心から認めているからだと思います。組長さんに恩義を感じるだけでなく、生き方に魅力を感じているから嫌いになれないんですよ」

そうでなければ、ここまで鬼灯組に貢献したり、組長に付き従ったりしないだろう。

自分と同じく行き場のない妖怪の最後の居場所を守ろうとする姿勢に、狛夜なりに報いた結果が若頭のポジションだったのだ。

「あれが師匠だなんてゾッとする。僕が認めているのは、あやかし極道の仕組みだよ」

意地っ張りの狛夜は、扇子で口元を隠した。

「ここでは、出自も生態もまったく異なる妖怪が一家を作っている。親子盃を交わした妖怪は、実の親や主君よりも組長を重んじるんだ。僕が豆太郎(まめたろう)や玉三郎(たまさぶろう)のような物の怪(もののけ)一派から兄貴と慕われているのは、兄弟盃を交わしているから。過去にどんな悪行を犯していても、組に入ったら仲間。そういう約束を交わしたんだよ」

大切な盃の入った桐箱が、華の膝元にのせられる。

狛夜が組長を信頼した証(あかし)は、ピカピカに磨き上げられていた。

「極道っていうのは家族なんだ。華は翠晶を扱えるようになったし、もうすぐ玉璽を見つけられるかもしれないね。僕らが、あやかしの婚姻をして家族になるのも目前だ——」

狛夜は、華の耳元に口を寄せて、妖しく瞳を光らせた。

「お互いを知るのは、夫婦になってから、ね」

熱い囁きに、華はピクッと体をはねさせた。

(な、に？　もしかして、さっきのお茶に何か……？)

狛夜の声が体内で反響して、全身から力が抜けていく。

何が起きているのか分からない。怖い、けれど気持ちいい。まるで甘美な毒だ。

この痺れに身を任せれば、まどろみに見る夢のように幸福が待っている気がする。

恍惚とする華に気を良くして、狛夜はニィと引いた唇から牙を覗かせた。

「ね……だから、僕を選んで？」

「わ、わたしは、次期組長となる、妖怪に、」

狛夜の名を呼ぼうとしたその時、胸元の翠晶が熱くなった。

華は、はっと正気に戻る。

「いやっ！」

狛夜の胸を押した華は、彼の顔を見るのが怖くて俯いたまま言い放つ。

「こんなやり方は許せません！　次期組長は、鬼灯組や組員のみんな、シマで暮らす妖怪たちすべてのことを考えて、しっかり選びたい……！」

狛夜のように、豆太郎や玉三郎、他の組員が最後にたどり着いた場所が鬼灯組であるならば、華はその場所を守るために最善を尽くしたい。

華は、鬼灯丸を連れて部屋を出ていった。

彼女が肌身離さず身に着けている香袋の残り香が、狛夜を苛立たせる。

「どうして僕の思い通りにならない……！」

呟く狛夜は目の焦点が合っていない。

ここではない、どこか遠い昔に意識がいっているようだ。

「葛の葉を、もう誰にもやるものか」

握った扇子をバキリと折る狛夜を、ソファの陰から管狐がこっそり見つめていた。

◇◆◇◆◇

「華さま、どうぞお召し上がりください。狛夜兄貴からです」

午後のお茶の時間に豆太郎が華に出したのは、メロンのショートケーキだった。

生クリームとスポンジに挟まったオレンジ色の果肉が美味しそうだが、華は食べたい気持ちをぐっとこらえて皿を押し返した。

「豆ちゃん。悪いけど、これは母屋に持って帰ってくれる？」

「またですか！」

狛夜との仲違いから一週間。

離れには、毎日のように高価なお菓子が届いていた。何か仕込まれているかもしれないと警戒する華は、狛夜からの食べ物を一切口にしなかった。

お菓子を持って母屋と離れを往復する豆太郎はげっそりしている。

「また兄貴が不機嫌になりますね。持ち帰るぼくは、胃が痛くて倒れそうです」

「そう、だよね……。押しつけてごめんね、豆ちゃん。今日はわたしが戻しに行くよ」

玉璽捜しもしたいし、いつまでもギスギスしているわけにはいかない。

華は、ショートケーキをお盆にのせて、母屋に歩いて行った。

二階への階段に足をかけると、厨房からはみ出た、もふもふの大きな尻尾が見えた。

金がかった白という高貴な毛並みの持ち主は、鬼灯組で狛夜だけだ。

華は、段から足を下ろして厨房に向かった。

「ケーキが戻されたら川獺亭の大福を届ける。彼女は洋菓子を食べ慣れていないから、こちらの方が口に合うはずだ。以前、一緒に出た会合で使った九谷焼の茶器を出して」

どうやら、華に届けさせる菓子の準備を、付喪神に命じているようだ。

洋菓子が嫌だから送り返しているのではないのだが、最近の狛夜はどうにも発言がずれている。

（ケーキの方が食べ慣れているし、会合に一緒に出たことなんてないんだけど……）

まるで別の人と勘違いされているようで、何だか気味が悪かった。

「あの、びゃくやさ――」

「今度こそ気に入るさ。葛の葉は、甘いものが大好きなんだから」

（くずのは？）

ぴたっと足を止める。

それは、狛夜と仲睦まじかったという妖狐の名前だ。

人間の男と恋に落ち、あやかしの婚姻をして安倍晴明をもうけた、華の先祖でもある。

（わたしは葛の葉さんにそっくりだって前に言ってたよね。もしかして――）

華を、葛の葉だと思って接していた？

そこでようやく華は合点がいった。

初めて出会った時の「見つけた」という台詞。

あれはかつて愛した人――葛の葉を見つけた、ということだったのか。

葛の葉だと思っていたから、狛夜は、初めから華に優しく接したし、金や暇を惜しまずに無償の愛を与えたのだ。

（親切にしてくれたのも、気があるように口説いたのも、すべて葛の葉さんに対してだったんだ……）

そう考えると、妙だと思っていた事柄すべてに説明がつく。

狛夜の言動を思い返していた華は、やがて結論にたどり着いた。

——狛夜は、葛の葉にそっくりな華を身代わりにして、かつて破れた恋を叶えようとしている。

裏切られたような気持ちになって、華の胸はじくりと痛んだ。

狛夜がくれたすべてが紛い物だった。

蜂蜜のように甘くとろけた表情も、穏やかで優しい声も、慈しむように撫でる手も、本当に与えたい相手は別にいた。

華は、いつも選ばれない。

だから、葛の葉と結ばれなかったことを悔しく思う狛夜の気持ちはよく分かる。けれど、その未練に執着して、他の人に重ねてやり直そうとするのは間違っている。

（だって、わたしは葛の葉さんじゃない。葛の葉さんは一人しかいないし、わたしはわた

しだもの）

狛夜は、華と出逢ってからずっと間違い続けている。

今も、華とよく似た葛の葉の夢に囚われている――。

華は、お盆を置いてフラフラと庭に下りた。

頬が熱い気がして指で触れると、一筋の涙が伝っている。

「あれ？　わたし、どうして泣いてるんだろう……」

別に、虐められたわけでも、傷つけられたわけでもない。脅されて殺されそうになってもいないし、離れも翠晶も何も奪われていない。

これまでと同じように今日は過ぎて、何事もなく明日は来る。

それなのに、なぜか心が痛んで止まらない。

あやかし極道に来たばかりで不安な華を、最初に励ましてくれたのは狛夜だった。

認めてもらえたと喜んでいたのに、何もかも嘘だったのだ。

「……何を信じたらいいの」

口に出すと、本格的に涙があふれ出した。

こんな情けない姿を、組長や組員、豆太郎に見せられない。

誰にも会わないように祈りながら庭を突っ切る。

銀杏のそばに出ると、ポケットに手をかけて歩いていた漆季と鉢合わせた。

「お前……」

泣いている華に気づいて、漆季は赤い目を見開いた。

「鬼さん、お疲れ様です。これから見回りですか？」

いつも通り挨拶する華が気味悪かったのか、漆季の表情は曇る。

「ああ。お前は」

「わたしは、庭を散歩していたんです。夏の花もそろそろ見納めですね」

「そうじゃねえ。なんで泣きながら笑ってんだ」

「え？」

顔に手を当てると、濡れた頬がこんもりと盛り上がっていた。

口角は上がり、目は自然に細まって、理想的な笑顔を作り出している。

面白くも楽しくも何ともない。むしろ、死んでしまいそうなくらい苦しいのに。

「……チッ」

うろたえる華を、漆季は強引に抱きよせた。

（あ……）

抵抗はできなかった。気づいた時には、華は漆季の胸に埋まっていた。

漆季は、華の頭に手を添えて、涙でぐちゃぐちゃになった顔を自分に押しつける。

「笑わなくていい。悲しい時まで、そうする必要ねえだろ……」

「――っ」

そう言われた瞬間、華の強がりは決壊した。

苦しそうに表情が歪み、弁が壊れたように瞳から大粒の涙がこぼれ落ちる。

ひっくひっくとしゃくり上げる華を、漆季は宝物でも守るように抱きしめ続けた。


「来い」

華が泣き止むと、漆季は手首を引いて裏門に向かった。

「え……？」

「これからシマの巡回に行く。離れるなよ」

漆季は、まだ離れに戻りたくない気持ちを察してくれたようだ。

袖で涙をぬぐった華は、漆季に続いて門をくぐり、塀にそって張り巡らされた水路をたどった。

この水路には鉄条網のような役割がある。

悪しき妖怪は、清らかな水の流れを越えられないのだ。

さらに、組長がかけた強固な結界によって、この鬼灯（ほおずき）屋敷は守られている。

無言で道を歩くうちに日は落ちて、二人はネオンが煌（きら）びやかな繁華街へ入った。

キャバクラやホストクラブの軒先から大音量で音楽が流れ、ハイブランドの香水の匂いがそこかしこからする。

その華やかさは、触ると手が爛（ただ）れる毒花のように危うい。

華が夜の雰囲気にビクビクしている間に、漆季はビルの隙間に入っていった。

どこかへの近道だろうか。水色のポリバケツを避けつつ後を追うが、雑草の生えた小道は奥へ進めば進むほど暗くなる。

「あの、鬼さん？」

「黙ってろ」

漆季を信じて足を動かす。

紺色の着物を着た華は、夜の海に浸るように、足から腰、そして胸と、闇に埋もれていく。前を歩く漆季の姿も見えなくなりそうだ。

不安に体が震えだした頃、唐突に、華の左右でパッと赤提灯（ちょうちん）が灯（とも）った。

「わっ！」

提灯の火は手前から奥へ順繰りに灯っていき、正面に『まやかし横丁』のアーケード看板が現れる。

　ぽかんと見上げる華の三歩先で、漆季が立ち止まった。

「ここは妖怪（ようかい）のための飲み屋街だ。鬼灯組の管轄で、月一でみかじめ料を集金する」

「みかじめ料は、用心棒代のことでしたよね？」

「お勉強好きなこって」

　看板をくぐると、通りを歩く妖怪が見えるようになった。普段は人間に化けて暮らしている種族も、ここでは本来の姿に戻って楽しんでいるようだ。

　いくつかの店をひやかした漆季は、きゅうりの墨絵が描かれた暖簾（のれん）をくぐった。

「邪魔するぞ」

「いらっしゃいましー。あ、漆季さん」

　客がまばらなカウンターで、つぶらな眼の河童（かっぱ）が黄色いクチバシを開けた。

　頭に乗っかったお皿のふちにリボンを結び、袖丈がたるむくらい大きな割烹着（かっぽうぎ）を着て、カウンターからやっと顔を出している。

「なんて可愛い妖怪さん……」

　華がメロメロになる横で、漆季は眉（まゆ）をひそめた。

「禰々子（ねねこ）、店に出てるのはお前だけか。女将（おかみ）はどうした？」

「うちのおっかさん、月の初めに腰をやっちまったの。あたいだけでも店を開かないとやってけないから、独りで店番してんのよ」

火にかけた鍋をかき混ぜる彌々子に、カウンターから注文が飛ぶ。

「おーい彌々子ちゃん、蛸わさきゅうり一丁」

「はいよー」

彌々子は、水かきのある手で青いきゅうりを叩き、蛸わさとあえて小鉢に盛りつけた。

出された客は、手酌した日本酒と共に料理を味わう。

「美味い！　だが、この店は女将さんとの楽しい会話も売りだ。早く復帰してほしいね」

「そうねー。最近、半グレが幅をきかしてて客足が遠のいてるし、このままお客さんが来なくなっちまったら店を畳まないといけないかも。あ、みかじめ料を渡さないとね」

カウンターから出てきた彌々子は、昔ながらの銭函を開けてお札を渡そうとする。

しかし、漆季は受け取らずに、ポケットに手を突っ込んだ。

「女将が復帰するまでツケといてやる」

「そりゃあ助かるけど、今月のお代を持ってかないと漆季さんがどやされない？」

「問題ない。困ってる妖怪から金を巻き上げて帰れば、それでもあやかし極道かって俺が親父に殴られる。女将の代わりは大変だろうが頑張れよ」

「恩に着るよ、漆季さんー！」

感動した禰々子の目に、たぷたぷと涙が浮かんだ。

カウンターの端で飲んだくれていた一反木綿(いったんもめん)が、陽気に茶々を入れる。

「漆季さんったらなんだかんだ優しいんだから」

「……うるせえ」

そう言って顔を背ける漆季は、ぶっきらぼうだが照れているようにも見えた。

（鬼さんのこんなところ、初めて見た……）

組では皆に恐れられ一匹狼でいるが、外の妖怪とは普通に話せているし、むしろ仲も良さそうだ。

（組でもこうできたらいいのに……）

そんな華の思考を察したのか、漆季はギロリと睨(にら)んでくる。

「あれ……おいおい、もしかして人間か!?」

漆季の視線を追って華の存在に気づいた一つ目小僧が叫んだ。

「人間なんか追い払え！　殺しちまえ！」

酔って気が大きくなっているのか急に激怒しだして、狭い店内は騒然となった。

すると突然、漆季が一つ目小僧の頭をガシリと摑(つか)んだ。

「黙れ」

「なんでこいつの肩を持つんだ⁉　人間なんかに現を抜かしてるから、シマが荒れてるんだろうがよ！」

「わたしのせい……」

一つ目小僧の言葉は痛い指摘だった。

人間を嫌う妖怪が多いと知っていたのに、華は漆季の仕事についてきた。

そのせいで鬼灯組が悪く言われてしまったのだ。

罪悪感で縮こまっていると、獣が唸るような低い声がした。

「だったら、テメエで守ってみせろ……」

漆季は、赤い目を見開いて、一つ目小僧に凄んだ。

「口しか出さねえ妖怪より、逃げずに役目を果たす人間の方がずっとマシだ。コイツは鬼灯組の人間。手出しは俺が許さねえ！」

「ひぃ！」

怒鳴られた一つ目小僧は、顔を真っ青にしてうずくまった。

「禰々子、邪魔したな。今度、組員を飲みに来させる」

「あいよー。また来てね」

店を出ると、漆季はさっさと次の店に向かう。

それにぴったりついていく華は、頭の中で漆季の言葉を反芻していた。

――コイツは鬼灯組の人間。

組の一員だと認めているような台詞に、華の目はまた熱くなった。

(嬉しい)

狛夜が華を認めてくれていたのは偽りだったと知り、何を信じていいのかわからなくなった。本当は組の一員になんてなれないのかもと、ショックも受けた。

猜疑心でいっぱいになって殻に閉じこもりかけた心に、先ほどの漆季の言葉はまっすぐ入ってきてくれた。

理屈なんかいらない。ただ素直に信じられる。

救われた華の心には、感謝のともしびが赤く灯った。

行き交う妖怪たちは、漆季の姿を見つけると我先に道を空け、他の客に絡んでいた酔っ払いでさえも姿勢を正す。

鬼灯組は恐ろしいと知れ渡っているからだ。

みかじめ料を集め終えた漆季は、横丁の出口へ向かった。

アーケード看板をくぐると、赤提灯は露と消えて、妖怪の姿も見えなくなる。

華は、ネオン煌めく通りに向かう背中に深く頭を下げた。

「さっきは、ありがとうございました」

「……何のことだ」

「わたしを組の人間だと言ってくださいました」

あやかし極道とシマの住民は信頼で成り立っている。妖怪同士の繋がりは強固だが、人間の華が組にいると知られれば、関係性が崩れる可能性を秘めていた。

それなのに、漆季は華を突き放さなかった。

「味方になってくれて本当に嬉しかったんです。わたしなんて部外者なのに」

「俺は、お前を部外者だと思ってねぇ」

漆季は、のっそりと振り返って華の方に歩み寄る。

「あやかし極道は任侠を重んじる。仁儀の筋を通し、困った者がいたら体を張って助けるのが侠気だ。お前はスマホの知識を組員たちに分け与え、金槌坊を警官から救った。ここまでやらせといて今さら部外者だとは思わねえ。お前が馬鹿にされたら、組に喧嘩売られたも同じ。だからシメた。あとは——」

ポケットにかかっていた手が、華の方に伸ばされる。

「俺が跡目に選ばれるための点数稼ぎだ」

乱れた前髪を直されて、ぶわっと顔が熱くなる。

普段の漆季からは想像できない、優しい触れ方だった。

(多分、これが鬼さんの、本当の性格なんだ)

人間の主君に付き従っていた彼は、人間がどれだけ傷つきやすいか知っている。

だから、点数稼ぎと嘯いて華の心を守ろうとしてくれたのだろう。

見た目も言動も怖くて損をしているけれど、漆季は、組長になれるような器の大きな妖怪だった。

「ありがとうございます、漆季さん」

心からのお礼を伝えると、ピクリと漆季のこめかみが動いた。

「今、なんつった」

「あっ！　すみません。うっかりお名前を呼んでしまいました」

「……好きにしろ」

そう言って、漆季はまた歩きだした。

口数少なく背中で語る。アウトローのお手本みたいな態度には、彼が大事にする任侠の精神が詰まっている。

それに心惹かれる華の胸元で、翠晶が熱を上げたみたいに光りだした。

光はまるで時計の針のように伸びて、一点を指し示す。

「し、漆季さん。翠晶が！」

「あ？」

戻ってきた漆季は、今までにない強い光に眉を上げた。

「近くに玉璽があるってことか。東だな」

華の腰に腕を回した漆季は、足を踏みきって大空に飛び上がった。

「きゃーっ！」

華は、振り落とされないように漆季の首に抱きついた。

一瞬で黒づくめの和装束になった漆季は、袖をはためかせながら雑居ビルの屋上から屋上へ移動して、翠晶の光が強くなる場所を捜していく。

必死にしがみ付く華の目には、前を見る漆季の横顔だけが映る。

使命に燃える瞳は、吸い込まれそうなくらい強く、胸が熱くなるほどに真剣だった。

やがて結婚式場の上で足を止めた漆季は、険しい顔つきで華の胸元を見つめた。

「チッ。さっきから追っても追っても埒が明かねえ」

「えっ？」

見下ろせば、翠晶の光は最初に示した方向とは真逆の西を指していた。

「犯人は玉璽を持って移動しているんでしょうか？」

そうこうしている間に、光は北へ、南へ、その次は北東へと動き出す。

「これじゃ居場所が分からねえ……」

はぁと息を吐いた漆季は、抱きしめていた華に赤い瞳を向けた。

長い前髪が揺れて、月明りが頬に睫毛(まつげ)の影を落とす。

間近で見る彼の美しさに、華は時間が止まったかのような感覚を覚えた。

「立て直しだ。今日は帰るぞ」

「ひ、ひゃい！」

彫刻みたいな造形美を浴びて、悲鳴にも似た返事しか出なかった。

漆季もまた化生の者。人間では及びも付かないほど、﨟長(ろうた)けた妖怪なのだった。

屋根伝いに鬼灯組の屋敷まで戻った漆季は、離れの縁側に華を下ろした。

ほっとする間もなく、低い声が降ってくる。

「次は、泣く前に俺のところへ来い」

「！」

華が顔を上げた時には、漆季の背中は夜の闇に消えていくところだった。

とくんと高鳴った鼓動だけが、聞き間違いではないことを物語っていた。

（何も言ってないのに、漆季さんは分かってくれているみたい……）

深紅色の瞳は華を見失わない。華を華として、ちゃんと見てくれている。

不愛想な気遣いに感謝しながら、華は、胸に手を当てて目を閉じた。

（漆季さんがいれば、大丈夫だって信じられる。絶望に呑（の）み込まれずにいられる）

だから、狛夜ともちゃんと話そう。

葛の葉の身代わりではなく、華として向き合ってくれるように。

孤高の鬼がくれた一夜の慰めは、華の心に降る雨を止ませてくれたのだった。

金魚を眺めながら眠りについた華は、目蓋（まぶた）の向こうが眩（まぶ）しくて薄目を開いた。

「…………？」

時刻は真夜中。照明の落ちた暗い部屋で、キラキラと神々しく輝いているのは、華が眠る布団のそばに正座した狛夜だった。

三角耳ともふもふの尾を現した九尾の狐の姿で、表情は菩薩（ぼさつ）のように柔らかい。

「狛夜さん……。どうしてここに、って。あれ!?」

起き上がろうとしたが、なぜか体が動かない。手足が縫い止められてしまったようだ。

「ごめんね。君が眠っているうちに、少し手荒な真似をさせてもらったよ」

掛け布団が引き下ろされると、華の手足は金色の鎖で床に繋ぎ止められていた。

「どうしてこんなことを。狛夜さん、外してください！」

「いいよ」

必死に身をよじる華に、狛夜は、懐から拳銃を取りだして微笑んだ。

「その代わり、足を撃ち抜いてもいいのなら」

「じ、冗談ですよね。その銃に入ってるのは、管狐さんだって知ってます」

「試してみる？」

狛夜は壁に向かって引き金を引いた。

パンと放たれた弾は、金魚鉢を砕いて金魚と水を床に撒き散らす。

「実弾……！」

装塡されているのは妖狐ではない。人間が使うのと同じ鉛玉だった。

これで撃たれたら二度と歩けなくなる。華の頭からサーッと血の気が引いた。

「わ、わたし、このままでいいです」

「そう？　僕は、君が大人しく話を聞いてくれるなら、どちらでもいい」

狛夜は、両手で華の顔を包み、口づけするように覗き込んだ。

白金の髪がサラサラと布団に落ちて、黄金の檻に捕えられた気分になる。

世界から隔絶されて、至近距離にある艶やかな美貌しか目に入らない。

もう騙されたくないのに、魅了される。

「漆季とどこに行っていたの？　君は僕の物なのに、どうして逃げようとするの？」

狛夜は薄く笑っていた。けれど、言葉の端々に怒りが滲み出ている。

「君は誰と結ばれるべきなのか、まだ分からないの？　さっさと次期組長に僕を選べばいいのに、いつまでも焦らしてばかり。体に教え込ませるしかないのかな……」

長い指が、華のパジャマのボタンにかかった。ゾッとした華は、強く叫ぶ。

「放して！」

カッと翠晶が光り、金の鎖に化けていた管狐を吹き飛ばした。

腕をかざして身を守った狛夜は、がく然とした表情で起き上がった華を見る。

「どうして拒むんだい、葛の葉。僕は君を心から愛しているのに」

「正気に戻ってください。わたしは葛の葉さんではありません！」

「何を言っているの？　君は、僕のもとに戻ってきてくれたじゃないか……」

愛おしそうに伸ばされた狛夜の手を、華は翠晶を掲げて止めた。

「辛いのはわかりますが受け入れましょう？　葛の葉さんは、保名さんと恋に落ちて婚姻し、もうこの世を去っています。彼女の気持ちを否定して、狛夜さんとの偽りの恋物語を作るのはいけないと思うんです。だって葛の葉さんにとっても、同じ神使の狛夜さんは大事だったはずだから。葛の葉さんは、あやかしの婚姻をする時、狛夜さんに祝福してほしかったんじゃないでしょうか？」

「別の男が好きなんだって言って去ったのに？」

「ちゃんと伝えたかったんだと思います。狛夜さんを大切に想っていたから」

「そんなの……嘘だ」

ゆるゆると首を振った狛夜は、背中を丸めて頭をかきむしった。

美貌は苦しげに歪み、綺麗に整えられていた髪は、彼の心情を表わすようにぐちゃぐちゃに乱れていく。

「嘘だ、嘘だ。今度こそ、僕が葛の葉に選ばれるんだ」

「何があった」

騒ぎを聞きつけてきた漆季は、取り乱した狛夜を見て意表を突かれた表情になる。

「……狛？」

「あなたは、葛の葉さんを重ねているから、好きでもないわたしを手に入れたいんです。

昔の恋を叶えたいという不純な動機で、次期組長の座を奪おうなんて間違っています」

組長が、あえて漆季を跡目争いに加えたのは、彼が鬼灯組に対して揺るがない侠気を持った、狛夜とは正反対の妖怪だからだろう。

漆季にもコミュニケーションが苦手という欠点はあるけれど、狛夜のこの様を見たら、組を継がせて大丈夫かと不安になるのは当然だった。

「昔の、恋」

やつれた顔を上げる狛夜に、華は毅然と告げる。

「はい。あなたが大切なのはこの鬼灯組ですか。それとも、叶わなかった恋ですか。自分の気持ちも分かっていない妖怪に、次期組長は継がせられません」

「僕、は……」

それきり沈黙してしまった狛夜を、漆季は見かねて離れから連れ出した。

肩を貸してもらって、やっと歩く九尾の狐の後を、大勢の管狐が追っていく。

外廊下に立った華は、翠晶を握りしめて彼らを見送った。

(傷つけてごめんなさい、狛夜さん)

だが、いつまでも葛の葉の幻影に囚われているのは、何より狛夜のためにならない。

夜空を見上げると、天の川で星々が輝いていた。

人は死ぬとお星様になるのだと、祖母がよく言っていた。妖狐も星になるだろうか。

もしも葛の葉が空の向こうにいるなら、狛夜を見守ってほしい。

彼が、この試練を無事に乗り越えられるように。

母屋の二階が封鎖されたのは、その翌日だった。

誰も近づけなくなった若頭の部屋に、狛夜は一人でうずくまっていた。

事務所のように整然としていた部屋は、無惨に荒れ果てている。大机は割れ、書棚は倒れて書類が散乱し、居間や寝室への扉は折れたり穴が開いたりしていた。

管狐が動き回って片付けていくが、整えたそばから狛夜が雷を落とす。

いたちごっこの堂々巡りは、今日でもう五日目だ。

「君は、葛の葉じゃ、なかった？」

出会いばなの〝彼女〟を、狛夜は昨日のことのように思い出せる。

うっかり車に頭をぶつけて派手な音を立てていた。昔から、抜けたところがある神使だった。大神に持っていく酒をひっくり返しては、誤魔化すように笑ったものだ。

彼女の餅のように丸い頬と澄んだ榛色の瞳が、狛夜は好きだった。不安な時は涙目になって、安心すると花のように笑う彼女の素直さに、何度も何度も見惚れた。

だから好きだと伝えたのに、葛の葉は人間の男と恋に落ちていた。

「ああ、やっぱり彼女は、葛の葉だ」

保名を選んだ時と同じように、狛夜の愛を拒否した。

次期組長には選べないのだと、はっきり告げられた。

狛夜は、ぼうっと天井を見上げる。

稲妻が走り、ドンと派手な音を立てて狛夜の真上に落ちた。

閃光(せんこう)に重なって、凜(りん)とした顔つきの〝彼女〟が言う。


『――あなたが大切なのはこの鬼灯組ですか。それとも、叶わなかった恋ですか』


「……どちらだろう」

葛の葉がいなくなり、大神の元を去り、運悪く玉璽を手にした縁で鬼灯組に入った。

次期組長になる野望のために、努力と我慢を重ねて若頭へと上りつめた。

悪名が知れ渡った白面金毛九尾の狐は、鬼灯組という居場所を失えば、もはや生きていける場所はない。跡目争いに敗れて追い出されてしまえば、遠からず無惨に死ぬ。

寂しく死ぬ未来を想像すると、胸がきゅうと締めつけられる。

もう独りは嫌だ。鬼灯組の組長になりたい。

それなのに、どうしても葛の葉を諦めきれない。

一度は散ってしまった恋の火が、胸に秘めていた情熱が、遠くに行ってしまった〝彼女〟に焦がれてたまらない。

「僕は……」


ドンという雷の音を、漆季は母屋の屋根の上で聞いていた。

入道雲が浮かぶ空は晴天なのに、鬼灯組は嵐の真っただ中である。

寝転がった彼の周りを漂う鬼火は、たまに二階に潜んでいっては、管狐から狛夜の様子を聞いてくる。未だに華に言われた言葉に混乱しているらしい。

こんなに心が弱い妖怪だとは、漆季も知らなかった。

「だから親父は、俺を次期組長にする道も考えなさったのか」

あやかし極道は、強さだけでは率いていけない。

鬼夜叉としての戦闘力はあっても、組員から距離を取られている自分が組長としてやっていけるかは未知数だ。

組長に推薦されるまで、漆季は自分がそうなれるとは思っていなかった。

だが、期待してしまった。狛夜には悪いが、今さら諦めることはできない。

「俺だって、組長になりてえ……」

目を閉じた漆季の耳に、今日になって七回目の雷鳴が響いた。

「く、ず、の、は、な」

華は、ちゃぶ台に敷いた半紙に筆を走らせていた。

竹炭を水ですって作った墨は、液体で売られている墨汁のように真っ黒ではなく、トメやハネの濃淡が美しく滲む。

なぜ書道に勤しんでいるのかというと、狛夜が塞ぎ込んでいるのと玉璽のある方向が定まらないため、玉璽捜しが一旦中断しているからだ。

一応、翠晶に在りかを教えてくれるよう念じて近くに置いているが、五センチほどのか細い光を北に南にと伸ばして落ち着かない。

次期組長の名は、チラシと呼ばれる回状で知らされる。鬼灯組では、指名人の直筆による奉書を跡目相続の儀式で飾りつけるのが習わしだ。

習字なんて小学校以来の華は、書道用具一式を借りて練習しているのである。

しかし、書く名前は、まだ決まっていなかった。

「狛夜さんも、漆季さんも、欠点はあるけど跡目にふさわしい妖怪なんだよね」

狛夜は、葛の葉に焦がれるあまり、次期組長になる理由が迷子になっている。

元々、組への忠誠心が弱かったせいでもあるだろう。狛夜は、組長を尊敬こそしているが、漆季のように鬼灯組に命をかける気概はない。

だが、彼が鬼灯組において、最も有望な妖怪であるのには変わりない。

きちんと立ち直り、恋への執着を捨てて組に真剣に向き合えば、跡目を継いだ暁には鬼灯組をさらに発展させられるだろう。

漆季は、組員との交流が苦手で支持も劣るが、任侠を誰より理解している。

巡回の時に垣間見えた気遣いが組でも発揮されれば、侠気を持った最強の妖怪である彼の下で、鬼灯組はさらに強くなるだろう。

考えれば考えるほど、どちらも鬼灯組の未来には必要だ。

「大変だ！　組長が倒れた!!」

「ええっ！」

叫び声が聞こえて、華は大急ぎで母屋に駆け込んだ。

組員たちは大混乱で、枕や水差しを持っててんやわんやしている。

組長の私室に入ると、いち早く駆けつけた漆季が組長を支えていた。

「親父、しっかりしろ！」

「大声だすんじゃねえ。儂はこう見えてしっかりしておる……」

「わたしが布団を敷きます！」

華は、押し入れから布団一式を下ろして、座卓を寄せたスペースに敷いた。

横たえられた組長は、か弱くも長い息を吐いた。

「昔は呪いなんざ屁でもなかったが、もう歳だな。漆季よ、この程度で泡ぁ食ってたら組は任せられんぞ。そこがお主の欠点だ。組長になった暁の絵図は画いておるだろうな」

「……俺は、親父がやってきた通りに組を守りたいと思ってます」

正座でかしこまる漆季を、組長は「それではいかん」とあおった。

「これからの時代、妖怪が置かれる環境はより厳しくなる。儂がやってきた通りでは誰も彼もが不幸になるのだ。次の組長は、儂の背中を追うのではなく超えていかねばならん。それを弁えられん奴に跡目は継がせられんぞ」

組長は、部屋の隅に控えていた華に、穏やかな眼差しを注いだ。

「嬢ちゃん、漆季を連れて行ってくれ。いい加減、親離れさせなければならん。儂は一眠りすれば快復するから安心せいと、若い衆にも伝えてくれ」

「分かりました。漆季さん、行きましょう」

「……親父、何かあれば呼んでください」

漆季は一礼して立ち上がった。華と大広間に向かう間、ぐっと口を引き結んでいる。

伏せぎみの瞳は暗く、落ち込んでいるのが気配から伝わってきた。

「頼みがある。俺を、次期組長に選んでくれ……」

漆季は、腰に下げていた鬼灯形の煙草袋を強く握った。

「主君を失った後、自暴自棄になった俺は、悪友にも裏切られて死にかけた。そんな俺を見つけた親父は、背負って屋敷まで連れ帰ってくだすった。それがどれだけ嬉しかったか……。だから俺は、親父の大事な鬼灯組を継いで、この手で守りたい」

「漆季さん……」

思いつめた漆季の表情に、華は胸が痛くなる。

だが、次期組長に指名したとして、あやかしの婚姻について漆季が納得しているとは思えない。それに、狛夜のこともある。

この状態で軽々しく、「それなら次期組長に選びます」とは言えなかった。

「組長、いよいよヤバいんじゃねえのか」

大広間に集まった組員たちは、箒や電話帳を手に深刻そうな顔を突き合わせていた。

「早く跡目を譲って療養していただいた方がいいぜ」

「その前に呪いを解かねえと」

「何とかして差し上げてえよ。組長には拾われた恩義があるのに、まだ玉璽も取り戻せてねえなんて」

招き猫を抱えた金槌坊が、グズッと鼻を鳴らして目をこすった。

すると、他の妖怪も一人、二人と涙をこぼす。

乱暴、非道、極悪を地でいく組員たちだが、心から組長を心配している。


――極道っていうのは家族なんだ。


狛夜の言葉を思い出して、華はぐっと胸が詰まる思いがした。

組長と組員のお互いを思いやる姿勢は、まさしく華が思い描いていた家族の姿だった。

大事な人の力になりたいと思う気持ちに、極道も、妖怪も、関係ない。

「漆季さん。まずは何としてでも玉璽を見つけましょう。組長さんの呪詛を解かないと」

「……ああ。玉璽捜しにはヤツもいねえとな」

華は強く頷いた。

二人は、封じの札を破いて二階に上がる。

廊下の天井には雨雲が立ち込めて、小さな稲妻がいくつも床に落ちた。

雷に打たれないよう華を羽織にかくまった漆季は、狛夜の私室の扉を蹴りやぶる。

部屋の中は、めちゃくちゃに荒れ果てていた。

妖術を保てないのか、写真をちぎって作ったコラージュみたいに世界がずれていて、洋室にできたほころびから元の和室が顔を覗かせている。

渦を巻く白煙をまとった狛夜は、部屋の中央に、両手で顔を覆って座り込んでいた。

たった一週間のうちに和服は裂け、尻尾の毛並みは艶がなくなっている。

以前の姿は見る影もなくボロボロになった狛夜に、漆季は硬い声で伝える。

「狛、聞け。親父が倒れた」

「…………組長が？」

はたとした様子で、狛夜の両手が下ろされた。

ぺたんと折れていた三角耳が立つ。続けて、イソギンチャクのように縮まっていた九本の尾がふさりと広がり、激しかった雷が止んだ。

「ご容態は？　今どこにおられる？」

「落ち着いてください、狛夜さん」

華は、漆季の羽織から飛び出して、うろたえる狛夜の正面に座った。

「今は眠っておられます。けれど、もうあまり時間がありません。一緒に玉璽を捜してください！」

久しぶりに華を目の前にした狛夜は、直視できず視線をさまよわせる。

「わたしなりに、翠晶で犯人が持っている玉璽の位置を探っていたんですけど、こんな調子で」

構わず説明を続ける華は、光の針を回す翠晶を掲げて見せる。

「犯人は、ずっと移動し続けているみたいなんです」

「移動しているんじゃない。これは攪乱の術だ……」

翠晶を見た狛夜は、先ほどとは別人のように表情を引き締めた。

「攪乱の術？」

「翠晶ほどではないにしろ玉璽にも強い妖力がある。それを使って姿を隠しているんだ。これでは、組長に呪詛をかけた犯人は見つけられない」

狛夜と漆季の表情に、絶望の色が差した。

頼みの綱である翠晶が通用しない。すなわち、組長の命を助けられないということだ。

盃の誓いを交わして親になってくれた大妖怪が朽ちていく様を、歯がゆく見ていることしかできない。

だが、そう思っているのは妖怪だけだった。

「わたしを囮に使うのはどうでしょう？」

とっさに出た言葉に、二人は、はっとして華を見た。

「なに言ってんだ、お前……」

「囮作戦で、玉璽を盗んだ犯人を誘き出しましょう。犯人は翠晶を欲しているはずです。二つ揃えれば、どんな願いも叶えられるんですから」

「だが、親父はお前を鬼灯組で守ると決めた。危険な目には遭わせられない。親が言うなら白は黒に、黒は白になるのが極道。命令に逆らったら反逆も同じだ」

「そうでしょうか。先ほど、組長さんはこうもおっしゃっていました。自分の背中を追うのではなく、超えて未来を描けと」

組長は、漆季の従順すぎるところを咎めていた。

次の組長になるのであれば、自力で組を動かしていく能力は必須だ。上の命令に従って結果を出すだけではダメなのである。

「組長さんの命令に逆らうのは、漆季さんにとって怪我をするより痛いことだと分かっています。でも、ここで戦わなければ大きなものを失うと思うんです」

「黙って聞いてれば……」

漆季は、華の首に片手をかけて、ぎりっと締めつけた。

「親父を裏切れだと？　ふざけてんじゃねえぞ」

「ふざけてなんかいません！　親も救えなくて、何があやかし極道ですか!!」

ずれた世界に華の叫びが響いた。漆季は、横っ面を殴られたような顔で手を放す。

「なぜ泣く」

「っ、泣いてなんかいません……」

強がって言ったが、華の目からは大粒の涙がこぼれ落ちる。

胸にわだかまっていた悲しみと悔しさが、鬼灯組の現状に重なったせいだ。

「わたしは、お父さんとお母さんを助けてあげられなかった。鬼灯組の皆さんには、自分と同じ気持ちを味わわせたくないんです。大切な家族を失う悲しみも、無力感に苛まれる悔しさも、わたしだけで十分です！」

今度は、華の方から漆季の手を摑んだ。

武骨で大きな男の手は、子どものように震えている。

漆季は怖いのだ。組長の意に反するのが。

「漆季さん、大丈夫です。わたしがそばにいますから。犯人を見つけ出して、目に物見せてやりましょう」

畳みかけるように言うと、漆季の瞳に闘志が燃え上がった。

「やってやる。組にアヤつけやがった連中、見つけて八つ裂きにしてやろうじゃねえか」

「そんなことはできない！」

ずっと黙っていた狛夜が、尻尾を逆立ててまくし立てる。

「君が囮になって死んでしまったら、僕は生きていけないよ。葛の葉！」

「わたしは死んだりしません。だって、皆さんが守ってくださるんですから」

ふわっと笑った華は、悲壮な顔つきの狛夜に小指を立ててみせた。

「不安なら、約束しましょう」

漆季は、華の行動の意味が分からなかったようで、深く眉根（まゆね）を寄せた。

「エンコを詰めるのか？」

「違います。人間はこうやって約束を交わすんですよ」

華は、漆季の小指に自分の小指を絡ませる。

「わたし葛野（くずの）華は、囮になって玉璽を盗んだ犯人をあぶり出します。漆季さんは、犯人を捕まえて玉璽とわたしを取り戻すと誓ってください」

「ああ」

次に華は、戸惑っている狛夜にも小指を差し出し、榛色(はしばみいろ)の目で見つめた。

「狛夜さんは、わたしを守ってくださいませんか？」

「……僕は」

葛の葉から、こんな風に乞われたことはない。彼女は、狛夜なんか必要としないくらい強かった。愛らしくも憎いほどに狛夜を気にかけてはくれなかった。

では、目の前にいる、この弱い娘はなんだ？

狛夜の視界がグラッと揺れて、〝彼女〟の姿が二重に見えた。

一つは、かつて愛した葛の葉。

もう一つは――。

「華……」

狛夜の視界が急速に晴れていった。

部屋は元通りの洋室に戻り、雷雲は退(ひ)いていく。

もう華が葛の葉に見えることはない。

彼女は、安倍晴明の子孫であり、翠晶の持ち主であり、謝るのが得意なただの人間だ。

けれど、狛夜の心を魅了した、世界でただ一人の人間だった。

「守るよ」

狛夜は、華の右手の小指に、自分の指を絡ませた。

「華より大事な人間はいない」

「やっと、わたし自身を見てくれたんですね」

華は、心から安堵して笑った。

「お二人とも、約束ですよ」

嬉しそうな声は、狛夜と漆季の鼓膜を揺らして、すうと体に馴染んでいった。

人間に好感は持っていなかった。見下げて憎んですらいたのに、不思議と心を許してしまう華との出会いは、それぞれの欠点と向き合う契機になった。

感謝に似た淡い感情が、二人の心にわき上がる。

彼らの心を動かしているとは気づかないまま、華は約束を心に刻んだ。

三人は、指を解いてさっそく作戦会議に入る。

「親父の容態が悪い。やるなら早い方がいい」

「すぐに準備しよう」

立ち上がった狛夜は、バサリと和服をひるがえした。足下から頭へと稲妻が走り、あっという間に服は新品同然の輝きを取り戻す。

部屋中から管狐たちが駆けてきて、狛夜の足下に整列した。

その数、なんと十三匹もいる。

「全構成員に伝令。深夜零時より、翠晶を囮にした誘導作戦を決行する。場所はこの鬼灯（ほおずき）屋敷。指揮を執るのは若頭の狛夜、実行隊長は漆季とする。幾千、幾万の妖怪が大挙して押しよせるだろう。おのおの武器を磨いて襲撃に備えよ！」

命じられた管狐は、四方八方へ走り出した。

ある者は大広間の強面（こわもて）に、ある者は天空をかけて見回りに出た若い衆に、部屋住みや厨房（ちゅうぼう）番にも報（しら）せが届けられた。

華は、きゅっと翠晶を握りしめて覚悟を決める。

（決戦は、真夜中！）

第七章　叶えたい願いは一つ

離れにある姿見の前に立った華は、豆太郎の手で帯を締めてもらっていた。

唐紅の地に牡丹と白い兎が描かれた豪華な振袖に、金糸雀色の帯を合わせる。飾り衿や帯揚げ、帯締めを花緑青でまとめると、鬼灯の実を思わせる出で立ちになった。

正装を身に着けると、まるで鬼灯組を背負っているような気分になる。

仕上げに髪型を整えて簪を挿すと、豆太郎は満足げに肩を叩いた。

「これで完成ですよ」

「ありがとう、豆ちゃん」

鏡に映った華は、緊張した顔つきをしている。服に着られている感も否めない。

それでも振袖に腕を通したのは、どんな恐ろしい目にあっても胸を張っていられるようにだ。これから華は、翠晶と共に囮になる。

庭からは虫の声ひとつしない。まるでこれから起こる事態を見守っているようだった。

「華さまがおいでになりました」

豆太郎が開けた襖(ふすま)をくぐって、華は大広間に入った。

武器を手に整列していた組員たちは口を閉じる。一団の前方に、狛夜(びゃくや)と漆季(しき)がかしこまっていて、彼らが顔を向ける上座には組長と鬼灯丸(ほおずきまる)が座っていた。

「嬢ちゃん、覚悟はよいな」

「はい」

組長は、錫杖(しゃくじょう)を畳に突き立てて、弦を震わせたような声で唱えた。

「掛けまくもかしこき鬼灯の御祖(みおや)のもと、あやかしから守り給える戒めを解かん！」

シャンと独りでに錫(すず)が鳴り、塀にそって張り巡らされた水がジュワッと蒸発した。

屋敷は、真っ白い水蒸気に包まれる。

「これで結界は解けた。後は、お主らに託そうぞ」

「はっ」

狛夜が立ち上がり、どろんと九尾(きゅうび)の狐(きつね)の本性を現した。

漆季も頭から角を生やした和装に変わり、鬼火(おにび)を従えて縁側に進み出る。

翠晶を握った華は、逃げも隠れもせずに背筋を伸ばす。

(極道は任侠(にんきょう)。女は度胸。よし！)

突然、ブオンとけたたましい走行音が聞こえた。

庭木をなぎ倒して近づいてきたヘッドライトが、縁側の向こうに集まる。

天狗の扇を取りつけた改造バイクにまたがり、刺繍の入った特攻服と黒いマスクで武装しているのは、鴉天狗の半グレ集団クロウエンペラーだった。

刀を肩に担いだ漆季は、仁王立ちで彼らを睥睨する。

「テメエらはお呼びじゃねえんだよ」

そう、クロウエンペラーは玉璽を盗んだ犯人ではない。

ぬりかべを助けた時に感じた強い妖力により、相手が上級の妖怪であると見当をつけて全組員に伝えてある。

だから、この囮作戦で集まってくるであろう大勢の妖怪の中で、目星をつけて集中的に狙うのは、狛夜や漆季に匹敵するような上級妖怪だ。

「玉璽を盗まれたあげく、ついに結界も保てなくなったとはな！　お前らなんかもう敵じゃねえ！　翠晶を奪って、念願の全国統一カァー！」

「「カァー！」」

鴉天狗は、エンジンを全開にして大広間に駆け上がってきた。

縦横無尽にバイクを操って、逃げる組員たちを追い立てる。

「ほらほら、逃げ惑え……？」

イキがっていた一羽は、車体に重みを感じて振り返る。そこにいたのは漆季だった。

世にも恐ろしい鬼夜叉が、バイクの後部にしゃがんで赤い眼をかっぴらいている。

「死ぬのはテメエだ」

「ガァッ！」

横っ面を思い切り殴られて、横転したバイクは庭に滑って落ちた。

漆季は、運転していた鴉天狗の衿元を摑んで着地すると、豆太郎と玉三郎を追いかけ回していたバイクに投げつけて倒す。

「あーあ、畳が台無しだ。屋内ではこう戦うんだよ」

狛夜は、懐から拳銃を取り出して撃った。

白銀の銃口から放たれたのは、怪しげな煙を撒く風だ。

煙に触れた物の怪たちは、たちまち本性をむき出しにして鴉天狗に襲いかかる。

特攻服の裾からよじ上られた一羽は、豆狸に手を噛まれた。アクセルを踏み込んでスピードを上げたもう一羽も、顔に飛びついてきた小玉鼠の刺が刺さって悲鳴を上げる。

「ギャア！」

運転手を失い、コントロールを失ったバイクが、華たちのいる上座に突進してくる。

華は、鬼灯丸と組長を背にかばった。

「ここはわたしが！　バイクを止めて！」

翠晶が強い光を放ち、照らし出したバイクをクシャリと潰す。

「た、退散だ！」

鬼灯組に恐れをなして、残りの一羽が逃げに走った。バイクを乗り捨て、縁側から庭に下りようとするが、待ち構えていた漆季に蹴っ飛ばされる。

「黙って死んどけ」

花火のように打ち上げられた鴉天狗は、池にぼちゃんと落ちた。

とりあえず一発目の襲撃を無事にかわして、華は「ふぅ」と息をついた。

異変を感じたのは、大広間に視線を戻した時だった。

（あれ？　数が合わない）

倉庫では六羽の鴉天狗に苦しめられたが、座敷に倒れているのは、池に落ちた者を含めて五羽しかいない。

残りの一羽はどこへ……。

視線をさまよわせていると、廊下から黒い影が飛びこんで来た。

近くにいた華を羽交い締めにし、大きなクチバシを開いて高笑いする。

「ずっとこの時を待っていた！　ついに翠晶もこの手に！」

そのまま姿を変え、華ごと飛び立とうとする。ふわっとした浮遊感の中、華が体をねじって後ろを見ると、その姿は炎に包まれていた。

顔は鴉天狗と同じなのに、如来仏像のような衲衣を身につけて、手には両刃の剣を握っている。不動明王像のように勇ましく神々しい見た目だ。

鬼灯丸に守られた組長が、険しい顔で敵を睨みつける。

「彼奴は飯縄権現……。神徳のある大天狗が、妖怪の宝物欲しさに悪に手を染めたか」

飯縄権現は、玉璽を盗んだ後、鴉天狗に変化してクロウエンペラーの一団に紛れていたのだろう。巧妙に化けて、強い妖力すら上手く隠していた。

(今までもクロウエンペラーには接触してたのに……!)

悔しくて華はぐっと唇を噛み締める。

飯縄権現は、高く高く飛翔していき、地上の狛夜や漆季たちの姿が見えなくなった。

「妖怪の宝物とは素晴らしくも恐ろしいもの。あやかし極道などという狼藉者に預けておくより、我ら神通力を得た高位天狗が守るべきなのだ。よこせ!」

飯縄権現にペンダントを引っ張られ、華の首がぐっと絞まる。

「くっ、放して!」

途端に翠晶は閃光を放った。しかし、上級の飯縄権現はさらりと受け流す。

「玉璽と違ってこれだけ持っていくことはできないようだな。仕方ない、女ごと飯縄山へ連れ帰るとするか」

「誰を連れて帰るって？」

背後から冷気をまとった声が聞こえた。

ぱっと飯縄権現が振り返ると、そこには鬼火を率いた漆季の姿があった。

闇と同化しそうな黒い髪を風になびかせ、深紅の瞳をカッと見開き、横に持った日本刀を鞘から抜いていく。凄まじい迫力は、彼の背にある刺青のようだ。

「翠晶も玉璽も持っていかせねえ……ソイツもだ！」

漆季は鞘を放り投げて飯縄権現に斬りかかった。だが、あっけなく弾き飛ばされる。

「お子様のような太刀筋だな」

「チッ」

漆季は、舌打ちしながらも刀を右に左に振るう。権現は、まるで動きが見えているかのように一つ一つの攻撃を受け止めた。一撃の威力が弱いせいだ。

こんな闘い方は、怪力を持つ漆季のスタイルではない。

（わたしが人質になっているから、全力でぶつかれないんだ）

自分が弱点だと気づいた華は、必死に身をよじって権現の腕から逃れようとした。

「動くな！」

権現が焦ったタイミングで、漆季が脳天にガツンと一撃を入れる。

これには権現もふらついて、華の体はすぽっと腕から抜けた。

「やった！　じゃない、落ちる——」

華はぎゅっと目蓋を閉じて、降下に備える。

無重力感に襲われた体を抱き止めたのは、権現の下方に迫っていた狛夜だった。

「狛夜さん！」

「頑張ったね、華。安全な場所に避難しよう」

「待ってください。これを」

華は翠晶を掲げた。光の針が、今までにないくらい強く輝いて上空を指している。

「玉璽の在りかを示しているんだと思います！」

「つまり、権現が持っているということだね」

狛夜は、乗っていた白雲ごと下降し、華を屋敷の屋根に降ろすと再び上昇した。

高度を上げるごとに勢いを増して、漆季に一撃を入れようとしていた権現に突撃する。

雲に巻かれた権現は、視界を塞がれて苛立った。

「姑息な真似を！」

権現が空いた手で雲を払うと、渦の向こうから銃口が突き出されて、近距離で撃たれた。妖力を込めた実弾だったが、権現の頭に跳ね返される。

「これで貫けないとは、ずいぶん硬い頭だなぁ」

逆さに浮かんでいた狛夜は、宙返りして権現の背中側に降りた。遊んでいるように愉(たの)しげだが、両手に拳銃を構え、九本の尾を逆立てた臨戦態勢だ。

「さて、飯縄権現。人質なしでもお相手願えるかな」

「白面金毛九尾(はくめんこんもうきゅうび)の狐(きつね)までいるとは、あやかし極道は実にろくでもない連中だ。ぬん！」

権現が手を合わせると、背負っていた炎が剣を包み込んだ。

大きな両刃がメラメラと燃え上がり、熱せられた刃先が赤く熱していく。

刀を構え直した漆季は、真っ正面から権現を睨(にら)みつけて、宙を蹴(け)った。

「ウチの組にアヤつけた、テメエだけは許さねえ！」

漆季が全力で斬りかかったのを合図に、狛夜は真後ろから狙撃(そげき)した。

どろんどろんと四方八方に瞬間移動して権現の妖力を削(そ)ぐ。一方、真正面ではガキンと激しいぶつかり合いが起こる。攻撃が入るたびに青や赤の火花が夜空に吹いた。

（漆季さん、狛夜さん、頑張って！）

華は夜空を見上げて祈った。

ちょうどその時、狛夜が早撃ちした弾が権現の両目を射貫(ぬ)いた。

ひるんだ一瞬を縫って、漆季は会心の一撃を胴に入れる。

「ぐあっ！」

吹き飛ばされた権現の腰布から、金色の光がぽろりと落ちた。

（星？）

いや、星じゃない。キラキラと光の粒子を撒(ま)き散らしながら落ちてきたそれは、屋根の頂上である棟にぶつかって華のいる方に落ちてきた。

「わっ！」

キャッチした華は金色の光に目を凝らした。

それは立派な印だった。金の塊をくりぬいて蓬莱(ほうらい)の樹を立体的に彫ってあり、実の部分に色とりどりの宝石をあしらっている。宿った光は、翠晶と共鳴して光り輝いていた。

樹の幹の中央は、空洞になっている。

「もしかして……」

翠晶をはめてみると、くぼみにぴったりとかち合った。

「これが、玉璽なんだ！」

一つに組み上がった妖怪(ようかい)の宝物は、強烈な閃光(せんこう)を天空へ向けて放った。

光に穿たれた飯縄権現は、「ぎゃあああ」と叫んで上空に逃げて行く。

金槌坊に支えられながら庭に出てきた組長は、華がいる屋根を見上げて目を見開いた。

「妖怪の宝物が揃った。二つ合わさると、どんな願いも叶えられるという。生きているうちに見られるとは……」

呟く声はか細い。結界を解いた反動で、残り少ない体力をそぎ取られてしまったのだ。

華は、輝く宝物を両手にのせて、必死に考えた。

（翠晶と玉璽は二つ合わさると、どんな願いでも叶えられる）

華が望むことはただ一つ。

どこかの妖怪につけられた、あやかしの婚姻の約束を破棄すること。

手首の痣を解消しないかぎり、華はどこに行っても狙われ続ける。

（だけど、今、一番の願いは——）

鬼灯組で過ごした日々を思い起こして覚悟を決めた華は、あらんかぎりの思いを込めて叫んだ。

「組長さんにかかった呪いを解いて！」

願いに感応した宝物が、手元を離れて浮き上がる。するすると光の帯をなびかせて組長の真上に飛んでいき、花火のように弾けて砕け散った。

降り注ぐ光の粒子は、ぐったりしていた組長の体に染みこんでいく。

「おぉ……！　力が湧いてきおる」

組長は、信じられない様子で手を握ったり開いたりする。背後の景色が遠くなり、メラメラ燃えさかる巨大な車輪が現れた。これが組長の妖怪の姿だ。

「呪詛が消えた。呪いが解けたんだ！」

「組長〜〜！」

組員たちはもろ手を挙げて喜んだ。

「組長さんって、輪入道だったんだ……！」

わいわいと騒ぎになっているところに、戦闘を終えた狛夜と漆季が戻ってきた。

楽しげな組長の元ではなく、華のいる屋根に降り立つ。

尻尾の端を焦がした狛夜は、ぎゅっと華を抱きしめた。

「華、やったね。君のおかげだよ」

「親父を助けてくれて……感謝する」

切り傷を作った漆季は、狛夜を引き剝がしながら、しっかりと華を見て告げた。

二人に褒められて、華は今まで体験したことがないくらい大きな感動に包まれる。

「狛夜さんと漆季さんも、息ぴったりでした！」

「そうかな」

「偶然だ」

言葉を濁したが、力を合わせなければ倒せなかったと、本人たちが一番理解していた。

「それに、お二人とも、約束を守ってくれてありがとうございます」

華が弾けるような笑みを向けると、二人はふっと表情を緩めて頷いたのだった。

タイヤの跡がついた畳を新調し、壊れた雨戸や襖を直してようやく落ち着いた頃、すっかり元通りになった大広間に、鬼灯組の構成員が集結していた。

彼らの前に座った華は、上座にいる組長に土下座する。

「申し訳ありませんでした！　妖怪の宝物を消してしまって!!」

翠晶と玉璽は、二つ合わせるとどんな願い事でも叶えられる。

その力で組長の呪いを解いた華だが、まさか粉々に砕けてしまうなんて予想もしていなかった。代替品はないので、華は必殺の謝りスキルを用いて平謝りしているのだ。

「日本円でいくらになるのか分かりませんが、必ず弁償しますので！」

「なあに構わん。それに、嬢ちゃんも家族の形見を失っておる。双方、痛み分けだ」

「……はい」

両親が亡くなってから肌身離さず持っていた翠晶も消えてしまった。

体の一部が欠けてしまったように寂しくて、華は、意味もないのに胸元を探っては空虚な気持ちになっていた。それを組長は見ていたのだろう。

「嬢ちゃんのおかげで儂はすっかり持ち直した。だが、跡目継承の話を出した以上、代替わりの意思は曲げん。鬼灯丸も、その方がいいと言うておる」

「えっ!?」

「ワン！」

翠晶を失った華には価値がなくなるので、嫁入り話が生きているとは思わなかった。

（どうしよう……）

華は、思いもしない事態に動揺する。

しかし、鬼灯丸と組長は待ってくれず、いよいよ華に運命の選択を突きつけた。

「九尾の狐か鬼夜叉、どちらを次期組長にするか選んでもらおう、花嫁殿」

「そうですね……」

華は、自分の後ろに座る二人の妖怪を振り返った。

狛夜は不安そうに眉を下げ、漆季は緊張からか表情を凍りつかせている。

「狛夜さんは、鬼灯組に討伐されそうになった過去がありながら、若頭として組員をまとめ、フロント企業の経営者としても実績を上げています。名実共にナンバー2の立場から組長さんを御覧になって、あやかし極道のトップとしての在り方を考えておられました。組員の中で、最も次期組長にふさわしい妖怪だと思います」

思いがけなく褒められて、狛夜の瞳は揺れた。

「華……」

「ですが、未だに過去に囚われておいでです。次期組長になるのが、恋を成就させる手段であるうちは、組を任せられません」

「……そう」

狛夜は、しゅんと消沈した。

上手に隠した三角耳が、しな垂れるのが見えるようだ。

「漆季さんは、組長さんと鬼灯組のために、自ら汚れ仕事を引き受けています。怖いのにシマの住民に慕われているのは、弱きを助けて強きをくじき、恩義のためなら命だって投げ打てる義侠心を持っているからです」

漆季は、華の言葉を噛みしめるように、目を伏せて拳を握った。

「漆季さんに任せれば、鬼灯組は今より一層、内外に影響力のある強い組になります。ですが、組員との繋がりが希薄な今のままでは、組をまとめられません」

「…………だろうな」

結局、華が下したのは、どちらも次期組長にできないという裁定だった。

混乱したのは、控えていた大勢の組員たちだ。

「どちらも、次の組長にしないってことか？」

「じゃあ、跡目はどうすんだよ？」

聞こえる声を遮って、華は声を張る。

「お二人が一人前になるには、まだ時間がかかります。だから、それまでは仮の措置として、組長を二名体制にするのはいかがでしょう？」

ざわっと大広間が揺れた。

狛夜と漆季は、驚愕の表情で華を見つめている。

二人は、どちらも素晴らしい妖怪だ。欠点を乗り越えて成長した彼らの姿を見てから、跡目を決めた方が鬼灯組のためになる。

なにより華は、彼らをもうしばらく見守りたいと思っていた。

（ずるいかもしれないけど、妖怪との結婚についてはまだ覚悟が決まらないから……）

二名体制であれば、華の嫁入りはひとまず保留になるはずだ。

宝物を他の願いに使ってしまったので、どこかの妖怪に付けられた痣が解消できず、今のままでは婚姻できないという理由もある。

定石に囚われない選択に驚いていた組長は、大口を開けて笑い出した。

「そうきたか。いいだろう、仮の次期組長として、狛夜と漆季に跡目を譲ろう」

二名体制を認めると聞いて、狛夜と漆季はお互いを睨み合った。

「僕はこんな剛直な鬼とはやっていけません」

「俺だって、なんでこんな軟派野郎と……」

さすがに突飛すぎただろうか。華は、どうにかして二人をなだめようとする。

「お二人で力を合わせれば最強だと思うんです。それとも、わたしの提案はお嫌ですか？」

バチバチと火花を散らしていた二人は、瞳をうるませる華を見て、ふんと顔を背けた。

「親父が認めるなら、二名体制でも我慢してやる。今はな」

「これは勝負だよ。どちらが先に一人前と認められるかのね」

納得されてはいないようだが、一応は受け入れられた。

華は、ほっと胸を撫で下ろして、綺麗な所作で畳に手をついた。

「鬼灯組の未来のために、力を合わせて頑張っていきましょう」

「ワン！」

鬼灯丸の一声で、二人の（仮）組長が誕生した。

輪入道の号令で一本締めが行われると、緊張から解き放たれた組員たちは、おのおの祝い酒を取り出して騒ぎ始める。

豆太郎たちは宴の準備にてんてこまい。付喪神が急いで肴を作って膳を整えていく。

手伝おうとする華を捕まえた狛夜は、宴から逃げようとした漆季を管狐の鎖でぐるぐる巻きにして上座に向かい、輪入道の盃に酒を注いだ。

正式な儀式ではありえない、おかしく楽しい無礼講の始まりだ。

役目を終えた鬼灯丸は、縁側に伏せて庭を眺めた。

赤く熟れた鬼灯の実が揺れ、紅葉が色づいている。秋こそ鬼灯組の季節だ。

試練を一つ乗り越えた九尾の狐と鬼夜叉、そして、謎の妖怪との望まぬ結婚を強いられた人間の娘が、あやかし極道でどんな色の花を咲かせるか。

鬼灯丸は人知れず楽しみにしている。

《了》

あとがき

はじめまして、こんにちは。来栖千依です。

かねてより書きたいと思っていた、個性豊かな妖怪一家の騒動に身寄りのない人間の女の子が巻き込まれる、恋とスリル盛りだくさんな物語をお届けします。

テーマに極道を選んだのは、任侠の格好良さと義理人情の温かさがちょっと恐ろしくて滑稽な妖怪と結びついたら、さぞかし楽しいだろうと感じたからです。翻弄され、励まされ、癒やされていく主人公・華と共に、この世界を満喫していただけたら嬉しいです。

素晴らしい装画を手がけてくださったボーダー様に、心より感謝申し上げます。

執筆に際して、幾度となく助けてくださった担当編集様、校正様やデザイナー様、本作に携わる全ての方々にもお礼申し上げます。

ここまで目を通してくださった皆様にも感謝を。本当にありがとうございます。

またどこかでお会いできますことを、切に願っております。

来栖千依

お便りはこちらまで

〒一〇二―八一七七
富士見L文庫編集部　気付
来栖千依（様）宛
ボーダー（様）宛

あやかし極道「鬼灯組」に嫁入りします

来栖千依

2022年５月15日　初版発行

発行者　青柳昌行
発　行　株式会社 KADOKAWA
〒102-8177　東京都千代田区富士見2-13-3
電話　0570-002-301（ナビダイヤル）

印刷所　株式会社暁印刷
製本所　本間製本株式会社
装丁者　西村弘美

定価はカバーに表示してあります。　◇◇◇

●お問い合わせ
https://www.kadokawa.co.jp/（「お問い合わせ」へお進みください）
※内容によっては、お答えできない場合があります。
※サポートは日本国内のみとさせていただきます。
※Japanese text only

ISBN 978-4-04-074538-1 C0193